천 번의 환생 끝에 4

요람 장편 소설

초판 1쇄 찍은 날 § 2017년 10월 23일
초판 1쇄 펴낸 날 § 2017년 10월 30일

지은이 § 요람
펴낸이 § 서경석

총괄팀장 § 최하나
편집책임 § 김슬기

펴낸곳 § 도서출판 청어람
등록번호 § 제387-1999-000006호
등록일자 § 1999. 5. 31
어람번호 § 제1-2786호

주소 § 경기도 부천시 원미구 부일로 483번길 40 서경B/D 3F (우) 14640
전화 § 032-656-4452 팩스 § 032-656-4453
http://www.chungeoram.com
E-mail § chungeorambook@daum.net

© 요람, 2017

ISBN 979-11-04-91499-7 04810
ISBN 979-11-04-91433-1 (세트)

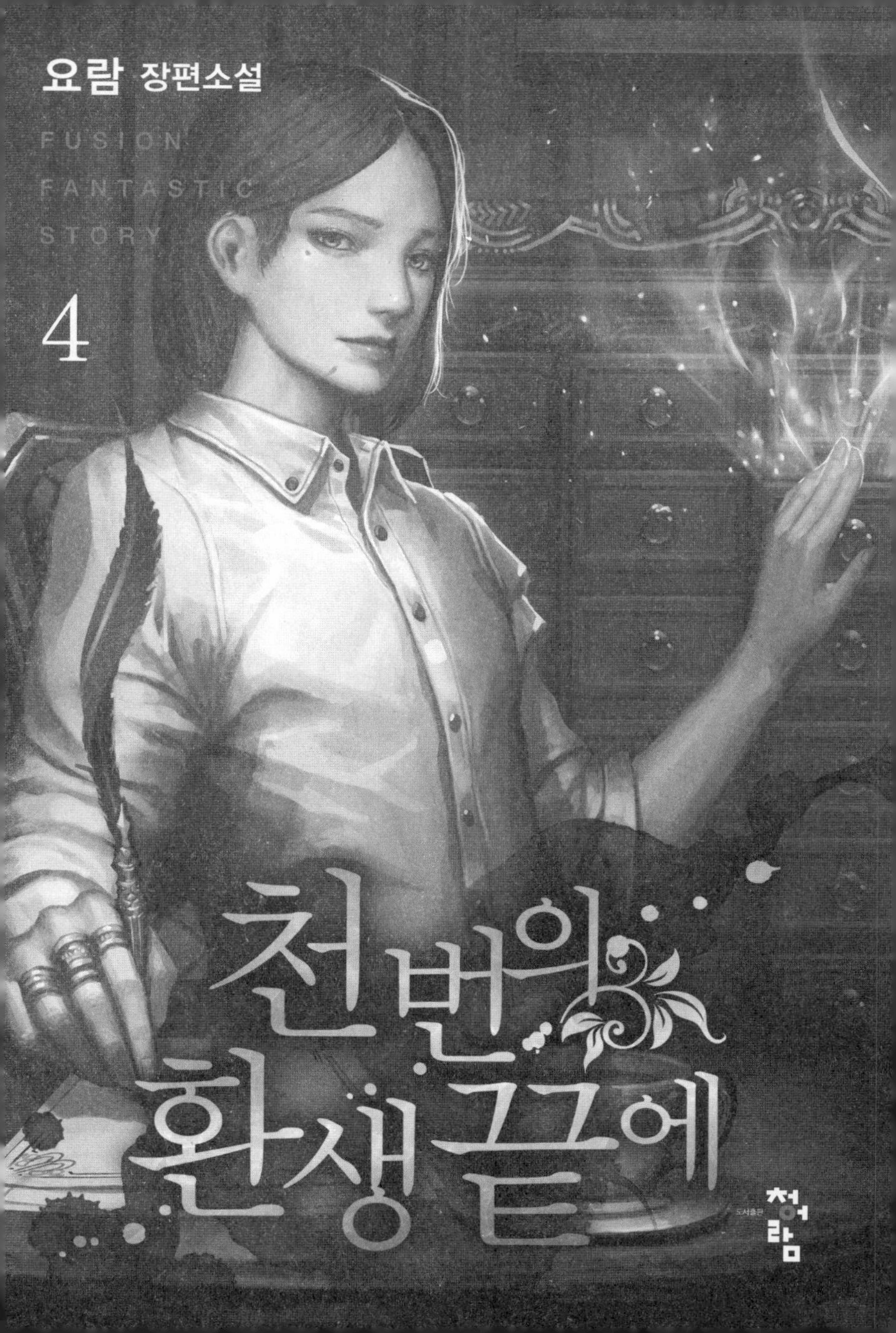

요람 장편소설
FUSION
FANTASTIC
STORY
4
천 번의
환생 끝에
도서출판
청어람

Contents

chapter24
유은재와 김은채

중학생.

지영은 거울로 교복을 입은 자신의 모습을 빤히 보다가 한숨을 포옥 내쉬었다. 중학교 입학 문제로 지영은 부모님께 진지하게 상담을 청했던 적이 있었다. 하지만 원하는 바의 개미 눈곱만큼도 얻을 수 없었다.

중등 고등 검정고시 제도가 있어 지영은 그 시험으로 졸업 증서를 따려고 했지만 두 분은 절대 이해해 주지 않으셨다. 졸업증이 문제가 아니라, 수많은 배움과 경험 중에는 학교에서밖에 얻지 못하는 것이 있다는 게 두 분의 거절 이유였다.

특히 어머니 임미정은 눈에 쌍심지를 켰을 정도였다.

지연이를 안고 있지 않았다면 단박에 왁! 하고 큰 소리가 날아왔을 것이다. 그래서 결국 지영은 중학교에 입학하기로 했다.

하지만 도저히 잘해낼 자신이 없었다.

거실로 나오자 아침을 먹고 계신 두 분이 보였다. 지연이는 임미정의 품에 안겨 아직도 비몽사몽한 채로 떠먹여 주는 밥을 본능적으로 먹고 있었다. 그런 지연이의 볼을 한차례 쓰다듬어 준 지영은 식탁에 같이 앉아 아침을 먹었다. 아침은 가벼운 감자국과 햄, 계란말이, 김이 전부였지만 전부 지영이 좋아하는 음식이었다.

아직 식단 조절이 끝나진 않은 지영을 생각해 정말 심심하게 끓인 국과 반찬으로 후딱 아침을 해결하고, 밖으로 나왔다.

밖으로 나오니 어제 회식의 여파가 아직 가시지 않은 서소정이 차에 기대 하품을 하고 있었다.

"누나, 안녕하세요."

"응, 안녕… 하암."

"운전 괜찮겠어요?"

"흐흐, 뭐 얼마나 된다고."

"하긴… 걸어가도 될 거리긴 하죠."

도보로 20분 정도만 가면 지영이 입학할 학교가 있었다. 하지만 가까운 거리라도 지영 혼자 등교하게 하기엔 그녀의 자존심이 허락지 않았다. 그리고 지영은 이제 가히 세계적인 스타다. 길거리 파파라치는 물론 팬들이 사인해 달라고 우르르 몰려들면 아주 난감한 문제가 벌어질 수 있었다.

게다가 오늘은 입학식이 있는 3월 2일이다.

이미 지영이 어느 중학교에 입학하는지 각종 포털 사이트 대문에도 걸린지라, 기자들이 또 벌 떼처럼 몰려들어 있을 게 분명했다.

지영이 차에 타자 서소정은 짝! 소리가 나게 뺨을 치고는 운전대를 잡았다. 그리고 순식간에 학교에 도착했다.

"아따……."

"많이 왔네요."

"무슨 한국에 있는 연예부 기자들은 죄다 몰려온 것 같은데?"

그녀의 말에 지영은 작게 고개를 끄덕이는 걸로 수긍했다. 틀린 말도 아닌 게, 정말 정문 앞에 시꺼멓게 몰려들어 있었다. 그런 기자들의 만행에 등교하는 학생들만 불편했지만 어디 기자들이 그런 걸 따지던가?

오늘 서소정은 센스 있게 벤을 끌고 오지 않았다. 짙게 선팅한 경차를 끌고 왔는데, 기자들은 다행히 그런 서소정의 센스를 알아보진 못했다. 본래 외부 차량은 출입 금지였지만 미리 협조를 요청한 상태라서 경비가 서소정의 보라매 건물 출입증을 보고는 조용히 통과시켜 주기도 했다.

결국 저렇게 허탕을 치겠지만 작년에 있었던 일 때문에 지영은 기자들에게 전혀 미안하지 않았다.

주차장에 차를 대고 서소정은 일정을 알아보러 간다며 교무실로 올라갔다. 혼자 있어야 하는지라 지영은 폰을 꺼내서 인터넷을 살펴봤다.

역시 포털 검색어 1위는 입학식이었고, 2위는 강지영, 3위는 피지 못한 꽃송이여 크랭크인, 4위는 강지영 여장, 5위는 강지영 입학, 6위는 중원 중학교였다. 나머지는 지영과 관계가 없었다.

'일 위부터 육 위까지가 전부 나랑 관계되어 있다니…….'

사실 지영은 대중 앞에 잘 서지 않는지라 인기를 제대로 실감하지 못했다. 그리고 복잡한 곳도 싫어하고, 번잡한 곳도 싫어했다. 일이 없을 땐 그냥 책을 읽거나 운동 정도만 하고, 작품을 선택하면 그 작품에 최대한 집중한다.

이게 끝이다 보니 정말 지영은 인기를 제대로 실감하지 못했다.

지영은 다시 폰을 내려놨다. 그렇게 기다리길 10분 정도, 서소정이 돌아와 운전석에 앉았다.

"이따 아홉 시 반쯤 입학식 할 거고, 너는 마음대로 하라던데? 어떡할래. 참석할래?"

"음… 아니요."

지영은 잠시 고민하다가, 고개를 흔들며 불참 의지를 밝혔다. 입학식은 어떤 의미로는 상당히 의미 있는 일이지만 지영에게는 아무런 의미도 없었다.

"그럴 줄 알았다. 그럼 이따 열 시쯤 교실로 가 있으면 돼."

"네."

시계를 보니 이제 겨우 여덟 시였다.

아직 한참 기다려야 한다는 생각에 한숨이 나왔지만 어쩔 수 없었다. 지금은 그냥 의미 없이… 시간을 때우는 것밖에. 두 시간은 정말 안 갔다. 하지만 시간이 오기는 했다. 지영은 딱 열 시에 차에서 내렸다.

"갔다 올게요."

"응, 오늘은 간단히 조례만 하고 끝난다니까 누나는 앞에 카페에 있을게. 끝나면 나오지 말고 연락 줘."

"네."

지영은 주변을 두리번거리다가 바로 본관 건물로 들어갔다. 1층 우측 복도에 지영의 반이 있었다. 1학년 2반. 팻말을 잠시 보던 지영은 하아, 또 한숨을 흘렸다. 드륵, 소리가 나게 문을 열고 안으로 들어선 지영은 잠시 멈칫했다.

"……."

"……."

교실에는 선객이 있었다.

창가에 앉아 턱을 괴고 창밖을 무료하게 보던 여학생은 지영이 들어오자 빤히 바라봤다. 멀뚱멀뚱, 그렇게 잠시 지영을 보더니 흥미를 잃었는지 고개를 돌려 다시 창밖을 바라보는 여학생.

날 이렇게 무감정하게 바라본 건 니가 처음이야! 같은 고전적인 느낌을 받은 건 아니었다. 단지 신기할 뿐이지. 모두가 지영을 만나면 그렇게 신기해했다.

도대체 이렇게 어린아이가 어떻게 그리 연기를 잘하지? 이런 생각은 보통 어른들이 했고.

'우와! 강지영이다!' 같은 반응은 보통 나이가 어린 학생들이 했다. 그러나 저 여학생은 둘 다 벗어났다.

혹시 연기? 찰나지만 지영은 눈빛에 담긴 감정을 읽었다. 완벽한 무감정. 정말 1도 지영에 대한 호기심이 없는 눈빛이라 그저 신기했다.

여학생의 앞, 앞자리에 앉은 지영도 창밖을 바라봤다. 이미 머릿속에 잠시 차올랐던 신기한 감정은 다시 썰물처럼 빠져나갔다. 그때 여학생의 목소리가 들려왔다.

"안녕."

"응, 안녕."

지영은 고개도 돌리지 않고 대답했다. 여학생은 그런 건 상 관없는지, 아랑곳하지 않고 다음 말을 이었다.

"너는 왜 입학식 안 갔어?"

"음… 사정이 좀 있어서. 넌?"

"나는… 다리가 좀 불편해서. 걷기 힘들거든."

"아……."

앉아 있어서 잘 몰랐는데 아픈 아이였던 것 같았다. 지영은 의자를 돌려 앉았다. 톡톡, 여학생은 손바닥으로 자신의 앞자 리 의자를 터치했다. 이쪽으로 오라는 의사 표시였고, 지영은 여학생의 눈을 가만히 바라봤다.

한마디로 정의해서… 깨끗했다.

어떠한 감정도 들어 있지 않은 그저 순수한 눈동자.

아주 맑은 눈동자.

"내가 앞으로 가고 싶은데, 말했듯이 한 번 움직이려면 꽤 나 힘들거든."

"그러지, 뭐."

자리에서 일어나 자리를 옮기는 지영.

다른 의도 없이 순수하게 대화를 청한 몸이 불편한 여학생 의 부탁을 거절할 정도로 지영은 매정한 인간은 아니었다.

"고마워. 나는 유은재야."

"반가워. 나는 강지영."

"응, 반가워."

이름을 얘기했는데도 지영을 알아보는 기색은 없었다. 연기도 아니었다. 이 나이대 여학생이 딴마음을 먹고 연기를 해봐야 지영을 속일 가능성은 없었다. 지영은 이제 눈빛 말고, 자신을 유은재라고 말한 여학생의 얼굴 전체를 바라봤다.

예쁜 외모였지만 뚜렷한 특징은 없는 외모였다.

길게 늘어뜨린 생머리에 눈, 코, 입까지. 눈빛에도 특별한 부분은 없었다. 또래 여학생들보다도 마른 체형이었는데, 정은정이 떠오를 정도로 왜소해 보였다.

"너는 어느 학교에서 왔어?"

"저 앞쪽에 있는 학교."

"미안. 나는 특별 전형이라… 잘 몰라. 이 동네랑 좀 떨어진 곳이거든."

"중원부속초등학교."

"아, 그렇구나. 말해줘서 고마워. 근데 하나만 더 물어도 될까?"

"응, 괜찮아."

"너는 무슨 특기로 왔어?"

"난……."

지영의 입학한 중학교는 예술중학교였다. 중원예술중학교.

따로 중원중이 있지만 중원그룹이 예술 분야에 투자할 목적으로 10년 전에 설립한 학교였다. 같은 소속사 임유나도 중원예중 출신이었고, 아이돌, 보컬리스트, 배우, 작가, 화가 등 각분야에 걸쳐 교육을 하는 학교였다. 사실 이쪽으로 이사 올때 임미정은 예중과 그 옆에 예고를 염두에 뒀다는 말을 얼마 전에야 들었다.

"나는 연기 쪽. 너는?"

"나는……."

유은재는 가방에서 뭔가를 꺼내려다가, 밖에서 갑자기 왁자지껄한 소리가 들려오자 말을 흐리며 입을 다물었다. 입을 꾹 다문 그녀의 눈빛에는 귀찮음과 짜증이 서려 있었다. 드르륵! 문이 열리고 안으로 들어서는 학생들. 가장 먼저 들어온 사람은 섬단처럼 늘어뜨린 긴 생머리의 여학생이었다.

"아, 존나 짜증 나. 말도 존… 어? 다리병신? 너도 이 학교 야?"

그런데 입에는 걸레를 물었는지, 뚫린 입에서 나온 말은 더럽기 그지없었다. 입가에 비릿한 미소를 걸고 유은재에게 다가오던 여학생은 그 앞에 지영을 보고 고개를 갸웃했다. 지영은 지금 머리를 묶지 않은 상태라 머리카락을 길게 늘어뜨린 상태였다. 그런데 남자 교복을 입고 있으니 지영이 남자인지 여자인지 헷갈린 것 같았다.

"뭐야, 이건? 젠더야?"

피식.

자신을 모욕하는 말을 들었지만 지영은 별로 신경 쓰지 않았다. 이런 꼬맹이가 하는 말에 평정이 깨질 정도로 수양을 적게 한 것이 아니었으니까. 그 여학생 뒤로 우르르 반 학생들이 들어와 자리에 앉았다.

그리고 지영이 있는 창가 쪽은 아예 바라보지도 않았다.

'일진?'

여학생의 뒤로는 구시대 유물이라 할 수 있는 깻잎 머리가 하나, 운동을 했는지 어깨가 장난 아닌 여학생이 하나, 그리고 눈매가 족제비처럼 쪽 찢어진 여학생 하나가 서 있었다. 예중에 웬 일진들이 있는 건지 의문이 들 때쯤, 걸레 물은 여학생이 다시 말했다.

"아주 끼리끼리 노는구나. 다리병신에 젠더에. 다음에 뭐냐? 야, 유은재. 다음에는 레즈라도 끼워 넣을 거야?"

그 말에 지영은 유은재를 힐끔 바라봤다.

그녀는 창밖으로 고개를 돌리곤 신경도 안 쓰고 있었다. 그런 유은재의 반응에 똥이 더러워서 피하지, 무서워서 피하냐는 말이 떠올랐다.

"야, 얼굴이나 보자."

덥석.

여학생의 손이 지영의 머리를 잡으러 왔지만 지영은 시선도 돌리지 않고 손목을 잡아챘다. 미쳤다고 머리를 잡을 때까지 가만있겠나.

"어쭈? 미친 새끼가, 이거 안 놔?"

"……."

지영은 손목을 뒤로 홱 던졌다. '악!' 소리를 내면서 여학생이 넘어지자 지영은 주머니에서 머리끈을 꺼내 치렁치렁 흘러내린 머리를 정리해 질끈 묶었다. 그러곤 자리에서 벌떡 일어나 자신의 따귀를 때리기 위해 손을 올리는 여학생을 바라봤다.

지영의 얼굴을 본 순간 여학생의 표정이 굳었다.

"내 얼굴 익숙하지?"

"아… 그, 강지영?"

"응, 아직도 내가 젠더로 보여?"

"그게……."

기고만장하더니, 지영의 정체를 확인하고는 우물쭈물거렸다. 그럴 만도 했다. 다른 사람도 아니고, 강지영이다. 스토커를 단호하게 응징하던, 아니, 아예 턱뼈를 부숴 버렸던 강지영 말이다.

게다가 유명세는? 입으로 설명해 봐야 아프기만 하다.

그녀가 막 나가는 일진이라고 하더라도, 지영 앞에서 폼을 잡긴 한참 멀었다.

"입에 걸레 물었나 봐. 나오는 말이 왜 다 그렇게 더럽지?"

"……"

"다리병신? 젠더? 이름이… 김은채. 나에 대해 어느 정돈 알지? 그 입 조심하는 게 좋을 거야."

"그게……"

드륵!

의자에서 일어난 지영이 김은채를 빤히 바라봤다. 지영의 신장은 170이 넘었다. 고작 160도 아직 안 된 김은채와는 거의 머리 하나 차이가 났다. 게다가 지영이 다이어트를 해서 체격이 좀 줄었다고는 하나, 탄탄하게 자리 잡은 몸매는 상당히 위압적이었다. 거기에 눈빛까지.

"으으……"

"적당히 까불어라. 난 연예인이라고 조용히 숨죽이고 살 인간이 아니니까."

"으응……"

기가 죽은 김은채의 대답이 나오자 지영은 그 뒤에 당황한 듯 서 있는 병풍들을 바라봤다. 병풍들은 지영의 날 선 시선이 자신들에게 꽂히자마자 바로 고개를 푹 숙였다. 지영이 작정하고 쏘아보는 시선을 고작 중학교 1학년들이 견딜 수 있을 리가 없었다.

"유은재."

"응."

조용히 상황을 지켜보던 유은재의 조용한 대답이 들려왔다.

"내 번호 줄게. 이것들 지랄 떨면 연락해."

"그렇게까지 안 해줘도 돼."

"해."

"……."

말없이 지영을 잠시 보던 유은재는 이내 천천히 고개를 끄덕였다. 그런 유인재의 말없는 대답이 들려온 직후, 교실 앞문이 열리고 풍채 좋은 40대 남선생님이 들어왔다. 선생을 잠시 보던 지영은 자리에 앉았고, 뻘쭘하게 서 있던 김은채와 3인방은 바로 비어 있는 자리에 가서 앉았다.

'에휴.'

지영은 또 인터넷이 시끄러워질 거란 생각에 속으로 한숨을 쉬고는 서소정에게 간단하게 상황을 적어서 보냈다. 그리고 메시지를 적으면서도 어째, 이렇게 조용히 끝날 것 같진 않단 예감이 들었다.

슬쩍 살펴보니 어느 정도 진정을 찾았는지 김은채는 눈에 쌍심지를 켠 채 지영과 유은재를 쏘아보고 있었다.

오자마자 피곤한 일이 생겼다.

그리고 더 피곤한 일은 담임이 나가기 무섭게 곧바로 터졌다.

"괜찮겠어?"

"뭐가?"

뒤에서 들려온 유은재의 말에 지영은 칠판을 바라보면서 되물었다.

"은채 대성그룹 회장 손녀야."

"대성그룹?"

"응."

지영은 폰을 꺼내 대성그룹을 검색해 봤다. 작은 회사가 아니었는지 꽤 많은 기사가 떴다. 많은 계열사가 있지만 가장 잘나가는 건 건설 쪽이었다. 이쪽은 거의 업계 세 손가락 안에 들어가는 인지도를 보유하고 있었다. 특히 대성 프리미엄 아파트는 신혼부부. 특히 신부의 꿈이라고도 불리는 아파트 중 하나였다. 김은채. 이번엔 대성그룹 뒤에 이름을 넣어 검색해 봤다.

'얼씨구.'

확실히, 대성그룹 오녘 일가가 맞았다.

즉, 로열패밀리란 소리였다.

지영은 서소정에게 대성그룹 김은채에 대해 알아봐 달라고 메시지를 넣곤 일단 폰을 다시 주머니에 집어넣었다. 수업이 아니라 그런지 45분이 순식간에 지나갔다. 담임이 자리를 비우자 하나둘씩 일어나 지영과 김은채, 그리고 유은재를 보고는 슬그머니 교실 밖으로 나갔다.

'조용히 넘어갈까?'

설마…….

지영은 인간의 본성이 단 한순간에 변하지 않는다는 걸 그동안의 삶으로 아주 잘 알고 있었다. 그걸 증명하듯 김은채는 담임이 나가기 무섭게 카메라를 꺼내 동영상 모드로 지영을 촬영하기 시작했다. 김은채의 뒤에 있던 병풍 셋도 같이 다각도에서 지영과 유은재를 촬영하기 시작했다.

실실 웃는 낯으로 지영을 자극하며, 옆으로 와서 유은재를 툭툭 걷어찼다. 그러면서도 시선은 지영을 향해 있었다. 의도하는 바가 너무 명백해서 지영은 헛웃음을 흘렸다. 지영이 발끈하는 모습을 찍어 인터넷에 올릴 생각인 것 같았다.

이들은 지금 자신들이 무슨 짓을 하고 있는 건지 알고는 있는 걸까? 아마 모를 것이다. 알면 애초에 이런 짓을 하지도 않았을 테니까.

"야, 다리병신. 좀 따라 나와."

"……."

"쌍년이, 따라 나오라고!"

"…아야."

"강지영 저 새끼가 도와주니까 자신감이 막 솟냐? 솟아? 어?"

말은 유은재를 향했지만 김은채는 입술을 잔뜩 비틀어 조소를 그리며 지영을 보고 있었다. 여기서 발을 빼면 유은재의 학교생활은 정말… 시궁창이 될 것이다. 끝까지 책임을 질 생각이 아니라면 이런 일은 아예 안 끼어드는 게 나았다. 하지만 이미 끼어들었기에 지영은 이미 마음의 결정을 내린 상태였다.

지잉.

서소정에게 부탁했던 메시지가 왔다.

김은채.

언론에 입방아는 오르지 않았지만 이쪽 업계에서는 제법 유명한 애였다.

전형적인 금수저로.

'어쩐지 회복이 빠르더라니.'

지영은 유은재의 머리를 이리저리 흔드는 김은채를 빤히 바라보다가, 자리에서 일어났다. 지영은 잘 안다.

저런 것들에게 정신적인 여유를 주면 한도 끝도 없이 기어오른다는 걸. 이 상황 자체도 자신은 물론 대성그룹에게 좋지 않을 영향을 끼친다는 걸 저 정도 영악하면 분명 알고도 남을 것이다. 그런데도 이렇게 대놓고 한다?

퍼뜨려도 상관없다는 뜻이었다.

그룹의 힘을 믿으니까.

무소불위의 권력. 그 권력 맛을 김은채는 이미 충분히 맛본 것 같았다. 독기로 똘똘 뭉친 김은채의 눈빛은 마치 폭군 이건의 눈빛과 비슷했다. 40분 남짓의 시간 동안 머릿속으로 이미 제 나름 그림을 그렸을 거다.

어떤 상황이 나오더라도 자신에게 유리할 거란 판단이 섰으니까, 이렇게 지영을 자극하는 게 분명했다.

지영이 자리에서 일어나자 김은채가 웃었다.

날카롭게 생긴 외모에 입꼬리가 말려 올라가자 더욱 날카롭게 변했다. 마치 뱀 같았다.

"왜, 또 나서시게? 카메라 안 보여?"

"보여. 아주 잘."

"그런데도 나서겠다고? 연기 인생 쫑 나고 싶은가 봐?"

"내가 얘기했지."

지영은 성큼 걸어가서 손을 들어 올렸다.

움찔.

그래도 맞는 건 무서운지 지영이 손을 들어 올리자 어깨가 잘게 한 번 떨리는 게 보였다. 하지만 바로 멎는 걸 보니 지영을 엿 먹이고 싶은 마음이 맞는 공포보다 커보였다. 힐끔, 교실 밖을 보자 시꺼먼 그림자 신형이 어른거렸다.

신장, 덩치로 보니 딱 봐도 경호원 같았다.

김은채는 지영의 인지도, 그리고 자신의 경호원과 그룹의 힘까지……. 믿고 있는 구석이 꽤나 많았다.

지잉, 지잉, 지잉.

서소정이 보낸 메시지를 무시하고 손을 뻗어 김은채의 손목을 잡자, '야! 똑바로 찍어!'라며 호들갑을 떤다. 그러거나 말거나 지영은 손에 힘을 줬다. 지영의 악력을 못 이기고 김은채가 손에 힘을 풀자 유은재의 머리카락이 우수수 떨어졌다.

떨어지는 머리카락을 보고 있자니, 짜증이 확 올라왔다.

드륵! 문이 열리고 경호원들이 들어왔다. 여자 둘인데 풍채가 굉장히 좋았다. 전문적으로 무술을 수련했거나, 아니면 엘리트 체육 종사자가 분명해 보였다. 다가오는 걸음에도 단단함이 느껴졌다.

선임으로 보이는 여성이 지영의 바로 앞까지 와서 입을 열었다.

"그 손 놓으세요."

그 말에 지영은 그냥 피식 웃고 말았다. 기가 막혀서 나온 웃음이었다. 지영은 손목을 놓지 않았다.

"왜, 얘가 남의 머리를 잡았을 땐 가만히 있더니. 이제 와서 그래요?"

"……."

경호원은 지영의 말에 대답하지 못했다. 물론 지영은 경호원들의 입장을 이해했다. 자신도 옛날에 경호를 해본 적도 있었고, 경호를 받아본 적도 있었다. 경호원은 경호 대상을 위협으로부터 보호하는 게 주된 목적이다. 경호원이 폭력을 가하는 걸 막을 임무는 웬만해서는 부여되지 않았다.

그리고 실제 그런 임무가 포함되어 있다고 하더라도 경호받는 위치에 있는 이들이 그걸 용납할 리도 없었다. 왜? 고용주와 고용인의 사이이기 때문이었다. 갑과 을. 절대적 갑은 당연히 고용주였다.

즉, 지금 김은채는 저 둘에겐 절대적인 갑이었다.

"야! 씨! 뭐 해! 이 새끼가 내 팔 잡고 있는 거 안 보여!"

"……."

김은채가 표독스럽게 외치기 끝나기 무섭게 경호원들이 나섰다. 지영은 김은채의 손을 놓고, 어깨를 잡아 오는 손목을 감아 당겼다. 휙! 하지만 역시 호락호락하지 않았다. 곧바로 지영의 손을 떨쳐내고 역으로 지영의 소매 깃을 잡아왔다.

전형적인 유도의 잡기 싸움.

발달한 하체와 상체로 예상은 했었다.

지영은 한 발자국 물러났다.

"저 새끼 내 앞에 꿇려!"

지영에게 잡힌 손목을 부여잡고 앙칼지게 소리치는 김은채.

대단한 캐릭터의 등장이었다.

김은채의 눈은 정말… 차마 말로 설명하기 어려운 독기가 서려 있었다. 대체 어떤 삶을 살아야 저 나이에 저렇게까지 인성이 망가질 수 있는지 궁금할 지경이었다. 들리지 않게 한숨을 내쉬는 경호원들.

이미 일각에서는 지영의 무술 실력이 상당하다는 걸 알고 있었다. 게다가 상대는 강지영. 대성그룹 일가의 김은채와는 전혀 다른 명성의 소유자인 강지영을 제압하는 게 나중에 어떻게 돌아올지 벌써부터 눈앞이 깜깜한 것 같았다.

입막음?

지금은 보는 눈이 너무나 많은 상태였다.

병풍 셋 말고도 폰으로 동영상을 찍고 있는 애들이 못해도 열은 넘어 보였다. 오늘 일은 분명히 인터넷에 풀릴 게 분명했다. 만약 얼굴까지 싹 팔리면 곤란해도 여간 곤란해지는 게 아니었다.

"아가씨, 오늘은 그만하시는 게……."

"씨발……!"

경호원의 말이 끝나기 무섭게 김은채가 악에 받친 욕설을 내뱉었다. 그녀의 욕설이 교실을 조용하게 만들었다. 교실 밖은 다른 반에서 구경 온 애들도 있어 지영은 슬슬 선생이 등장할 때도 됐다는 생각을 했다. 아니나 다를까 '비켜! 다들 반으로 돌아가!' 등등의 고함 소리가 들리는 걸 보니 누가 가서 교실 상황을 말한 것 같았다.

헐레벌떡 들어오는 담임과 담임보다 훨씬 덩치가 좋은 체육복 차림의 남교사.

"뭐야! 무슨 일이야! 이 새끼들 첫날부터 싸움······."

기세 좋게 들어서며 외쳤지만 웬 정장 차림 여성 경호원 둘과 문제를 일으킨 것으로 보이는 아이가 강지영과 김은채인 걸 확인한 체육복 차림의 선생은 말을 끝맺지도 못했다. 그러곤 깊게 한숨을 내쉬었다. 사실은 특별 관리 대상에 들어가 있는 두 사람이었고, 그 두 사람이 벌써부터 엮여 사고를 친 상태라 나온 한숨이었다.

꾸벅.

경호원들은 김은채와 선생들에게 고개를 숙이곤 바로 교실을 나갔다. 김은채는 씩씩 울분을 참지 못하는 모습이었고, 지영은 아직 교실 바닥에 주저앉아 있는 유은재에게 손을 내밀었다.

"괜찮아?"

"응, 고마워."

"······."

지영은 그녀를 부축하며 눈빛을 살펴봤다. 신기하게 겁을 먹거나, 화가 나거나 하는 감정들은 하나도 없었다. 정말 신기할 정도로 맑은 눈빛. 진짜 아무 일도 없었다는 눈빛으로 지영의 부축을 받아 다시 자리에 앉았다.

'김은채도 이상하지만 유은재 너도⋯⋯.'

아무리 철이 빨리 들어도 인간인 이상 이런 일이 벌어지면 당황하거나 무서워하거나, 어떤 감정의 동요를 일으키는 게 거의 정상이었다. 그런데 유은재는 그냥 담담했다. 그게 지영은 신기했다.

어쩌면 그런 이유 때문에 김은채가 하는 꼴을 못 지켜봤었던 것일 수도 있었다. 물론 젠더라는 모욕적인 발언도 있었지만 그런 말에 이리저리 흔들릴 지영이 아니었다. 그러니 지영이 이 상황에 나선 이유는 유은재라는 존재 때문이었다.

지영의 감각은 유은재가 범상치 않은 소녀라고 계속 속삭이고 있었다.

지영은 앉기 전에 유은재를 봤다가, 아직도 씩씩거리고 서 있는 김은채를 바라봤다. 지영의 기준으로는 둘 다 이상했다. 딱 봐도 둘 다 정상은 아니었다. 지영은 이 상황을 좀 더 냉정하게 생각해 보기로 했다.

그냥 재벌가의 미친 여자애와 이상하게 평정심이 깊은 여자애 하나라고 단정 짓지 않았다.

지영의 인생은 지금처럼 단순한 상황도 골 때리게 변하곤 했다. 이번 생에서도 벌써 몇 번이나 있었다.

이정숙 사건부터 시작해서 장수영의 죽음으로 아버지를 엮었던 사건까지. 진짜 별의별 말도 안 되는 일이 '실제'로 벌어졌다. 이를 갈며 자리에 앉는 김은채를 보며 지영은 어쩌면 오늘 이 둘과의 만남도 그런 일 중에 하나가 될 거란 예감을 진하게 받았다.

지영과 김은채가 자리에 앉자 담임은 다시 한번 깊은 한숨을 내쉬곤 둘에게 다음부터는 이런 일이 없게 하라는 주의를 주었다.

물론 지영도 그 주의를 주의 깊게 듣지 않았다. 김은채야 애초에 선생님이라고 신경 쓸 캐릭터가 아니었고, 지영은 당장 두 사람에 대한 생각이 자리 잡고 있었기 때문이었다.

"원래는 저런 애가 아니었어."

"……."

뒤에서 툭 날아온 말에 지영은 쓴웃음을 지었다. 그래서였나? 이상할 정도로 평정을 유지했던 건? 지영은 상체를 뒤로 재끼며 조용히 되물었다.

"아는 사이?"

"응. 삼 년 전까진 친구였어."

"삼 년이라… 그럼 같은 학교였겠네?"

"응. 시도 때도 없이 같이 붙어 다녔어. 나는 선천적으로 다리가 불편해서 놀림도 많이 받았어. 그런데 그때마다 도와준 게 은채야."

"그런데 왜 저래?"

"······."

당연히 물어야 할 질문을 하자, 유은재는 입을 다물었다. 지영도 입을 다물었다. 김은채가 도와줬다고? 진실을 제대로 모르는 지영은 그것조차 혹시 의도된 행동이 아니었을까? 하고 되묻고 싶었지만 유은재의 목소리에 담긴 일말의 따뜻함에 머뭇거리다, 그냥 묻지 않기로 결정했다.

친구.

사람과 사람의 관계를 정의할 때 가장 많이 쓰이는 단어 중 하나다.

그렇게 흔히 쓰여서 그런지 그 단어에 담긴 무거움을 제대로 느끼지 못하는 사람들이 많았다. 지영은 두 사람의 관계에 친구라는 단어가 그냥 정의하기 편해서 쓰인 걸까 하는 의문을 품었다.

그리고 그런 지영의 생각을 신기하게도 유은재는 정확히 캐치했다.

"무슨 생각하는지 알겠는데, 우린 진짜 친구였어."

"···그래, 그렇다고 치자. 혹시 쟤가 이 학교에 들어온 건 너 때문이야?"

"그럴 거야. 졸업식 때 그랬거든. 중학교 때도 기대하라고."

"···에휴."

기대하라는 말이 좋은 뜻은 아닐 것이다. 좀 전 유은재가 두 사람의 관계는 3년 전에 끝났다고 말했으니까.

"혹시나 해서 물어보는데, 내가 괜히 끼어든 거야?"

"미안해. 미리 말했어야 했는데."

"후우……."

지영은 작게 씁쓸한 한숨을 내쉬었다.

담임이 지영을 힐끔 바라봤다. 제법 덩치가 좋은 선생님이지만 역시 지영을 보는 눈빛에는 불편함이 가득했다. 지영은 자세를 바로 했다.

"근데 이제 안 되겠다. 지영이 너까지 관련되어 버렸으니 어떻게든 우리 문제를 풀어야겠어. 미안한데 혹시 이따가 시간 좀 내줄 수 있을까?"

"…그래."

다행히 오늘은 촬영이 없었다.

오늘 입학식이라고 장재원 감독이 하루 휴가를 줬기 때문이다. 그래도 원래는 촬영장에 갈 생각이었지만 지금은 촬영보다 유은재의 일이 먼저가 된 상태였다. 김은채야 그렇다 쳐도, 이미 자신이 개입해 버린 마당이라 어떻게든 해결을 봐야 했다. 안 그러면 유은재의 중학교생활 자체가 엉망진창이 되어버릴 테니 말이다.

그런 마음을 가지고 있는데, 고맙게도 유은재가 먼저 이 상황을 해결하려고 나섰다.

'얘도 진짜 재밌는 캐릭터네.'

해결을 한다는 말 자체는 조용했다.

하지만 지영은 그 안에 담긴 단호함을 느낄 수 있었다. 자신을 아예 못 알아보는 건 그렇다 치자. TV를 아예 안 볼 수도 있으니까. 하지만 지영은 유은재라는 아이에게 범상치 않은 면모를 분명하게 보고 있었다.

'이게 이 나이대 여학생이 할 수 있는 일일까?'

관계 개선.

이건 성인들도 굉장히 힘든 일이다.

용기를 내야 하고, 그 용기를 내기 이전에 자신을 바꿔야 하는 과정이 선행되어야 했다. 자신을 바꾸는 일.

이건 지영이 장담하건데, 정말 쉽지 않은 일이었다.

그래서 보통 절교를 택한다.

그만큼 힘든 일을 이제 열네 살 소녀가 너무나 쉽게 바꾸겠다고 말했다. 그냥 한 말이었다면 지영은 그 안에 담긴 감정을 읽어 바로 고개를 저었을 것이다.

입술을 질끈 깨물고 지영을 노려보는 김은채.

'한쪽은 열네 살 답지 않게 독기로 똘똘 뭉쳤고, 한쪽은 열네 살 답지 않게 성숙하다?'

이런 캐릭터가 둘이 한 반에 있다?

그리고 그 안에 독특하다 못해 이 세계에서 가장 특별한 자신까지?

우연일까?

지영은 고개를 저었다.

'언제부터 내가 우연을 믿었다고……'

지영은 자신에게 일어나는 모든 일이 필연이라 생각하는 사람이었다. 우연의 중첩이 필연이 된다고 생각하는 사람들이 있지만 지영은 아예 우연이란 단어를 별로 믿지 않았다. 만날 사람은 만나게 된다.

'그리고 그 만남에는 언제나 분명한 이유가 있었지.'

장수영처럼.

좋은 쪽으로든, 나쁜 쪽으로든 말이다.

지영은 서소정의 메시지를 확인했다.

문자에는 대성그룹 회장의 손녀에 대한 이야기가 자세히 적혀 있었다.

반짝, 지영은 메시지를 읽다 말고 짧게 탄성을 흘렸다.

'납치?'

지영은 서소정에게 바로 답장을 보냈다.

[카더라? 찌라시?]

[아니, 80% 이상 진실! 언론은 막았지만 기업계나 이쪽으론 이미 파다하게 났었던 이야기야.]

대성그룹의 손녀가 납치됐었다? 이게 현실적으로 가능…

한가, 지영은 잠시 고민했다. 그런데 생각해 보니 이건 고민할

것도 없었다. 먼 옛날부터 권력가를 흔들기 위해 가장 좋은

방법은 그 자식을 이용해 흔드는 방법이었으니까.

인질을 확보하는 것만큼 확실한 협박 수단은 없었다.

그래서 현실은 언제나 드라마보다 잔혹하단 말이 있는 거다.

지잉. 지징.

대성그룹에 대한 기본 정보도 왔다.

서소정은 지영이 왜 이런 걸 물었는지에 대해 의문보다, 일

단 지영의 의문을 풀어주는 걸 택했다.

'얼씨구, 뼈대 있는 가문이시네?'

그룹명은 바꿨지만 전 그룹 이름을 들으니 지영도 기억이

났다. 사람들은 잘 모르지만 지금 한국의 그룹 중에 몇몇 그

룹의 역사는 실제 그들이 밝힌 역사보다 훨씬 더 오래됐다.

대성그룹도 그런 그룹 중 하나였다.

지영은 김은채를 빤히 바라봤다.

'납치라……'

고작 열 살짜리 꼬마를 납치할 이유야 뻔했다. 이권 다툼

에 우위를 점하기 위한 협박용. 설마 미치지 않은 이상 대성그

룹 손녀를 납치할 생각을 할 수 있을까? 더 중요한 건 대그룹

의 손녀가 납치당했는데 언론에 알려진 게 하나도 없었다.

'알려져선 안 되는 이유가 있었겠지.'

그럼 서소정은 이런 정보를 어떻게 알았을까?

연예계와 권력가는 떼려야 뗄 수가 없는 사이다. 그건 옛날부터 그래왔다. 옛 시대에 지금의 연예인 같은 이들을 꼽으라면? 재주를 파는 광대나 미모를 파는 기생을 꼽을 것이다. 그렇기 때문에 언제나 민감한 정보를 가장 먼저 입수하는 곳은 그쪽 업계였다. 가장 은밀한 얘기는 항상 밤에 그리고 밀폐된 곳에서 오갔다.

카더라.

혹은.

찌라시.

보통은 소설이지만 가끔 진짜가 떠돌 때가 있는데 그 가끔이 김은채의 납치 사건 같았다. 그럼 유은재는 그 사실을 알고 있을까? 혹시 그 납치가 유은재와 틀어진 계기가 된 걸까?

유은재와 김은채에 대한 생각을 하다 보니 2교시 45분도 금방 지나갔다.

종례가 끝나고, 담임이 다시 한번 사고치지 말란 말과 함께 교실을 나가자 아이들이 빠르게 가방을 싸서 교실을 떠났다. 병풍 셋도 김은채가 사전에 뭔 말을 해놨던 건지, 힐끔 눈치를 보곤 바로 가방을 챙겨 나갔다.

그렇게 거짓말 조금 보태서 1분 만에 교실에는 지영과 유은재, 그리고 김은채. 그렇게 셋만 남았다.

아니, 학생들이 빠지고 들어온 경호원들까지 총 다섯만 남았다.

드륵!

"후……."

문이 열리고 타이밍 죽이게 서소정이 들어왔다. 그녀는 벌써 지영이 김은채에 대해 물었을 때 뭔가 문제가 생겼음을 알고 보라매에 연락해 경호원을 보내달라고 했다. 그리고 마침 근처에서 비번이던 경호원 한 명이 달려왔고, 그들과 만나서 끝날 시간에 맞춰 교실로 왔다.

"뭐야, 이것들은? 꼴에 연예인이라고 보디가드도 끌고 다니냐?"

김은채도 그냥 조용히 가고 싶은 생각이 없었는지 가방은 챙기지도 않고 의자만 돌려 지영을 바라본 채 이죽거렸다. 서소정이 힐끔 김은채를 봤다가, 지영에게 다가왔다.

"무슨 일이야?"

"그냥 거슬려서 말로 좀 붙었는데, 이렇게 됐네요."

"니가?"

"뭐, 저도 오늘부터 중딩이니까요."

"……."

"풉."

어깨를 으쓱이며 능청을 떠는 지영을 보며 서소정은 작게 실소를 터뜨리고는 어떻게 된 건지 유은재를 보곤 빠르게 알아차렸다. 앉아 있는 것만 봐도 구도가 명확하게 보였다. 그녀가 아는 지영은 웬만한 일이 아니라면 나서지도 않는다. 사건 사고? 치를 떠는 건 아니지만 절대 스스로 나서 일을 키우는 스타일은 아니었다. 장수영 때처럼 극히 예외적인 일이 아니라면 말이다.

재벌가 여식, 뒤에 수수한 여학생.

거슬린다고 했던 말.

정답은 아니지만 서소정은 머릿속에서 대충 상황을 정리했다.

"은채야."

유은재가 담담한 눈빛, 어조로 김은채의 이름을 불렀다. 그러자 김은채의 얼굴이 와락 일그러졌다.

"은채야."

"닥쳐, 씨발! 더러운 입으로 내 이름 부르지 마!"

쩡……!

날카로운 하이 톤의 고함이 교실을 울렸다가 사라졌다. 어찌나 옥타브가 높았던지 지영도 귀가 아파 살짝 인상을 찡그렸을 정도였다. 그러나 유은재는 전혀 아니었던 것 같았다.

"우리 얘기 좀 하자."

"얘기? 뭔 얘기? 니가 나랑 얘기할 급은 돼?"

까닥까닥 꼰 다리를 흔들며 나온 말에 유은재는 아랑곳하지 않고 말을 이었다.

"아까 오면서 봤는데 구교사 뒤에 조용한 곳이 있더라. 그쪽으로 가자."

"누가 간대? 엉? 뭔데 니가 뭔데 오라 가라야!"

"언제까지 이럴 건데, 그럼?"

"뭘 이래? 아, 이제 질리냐? 저놈 있으니까 이제 좀 개겨보고 싶어? 그런 거야? 유은재 많이 컸다?"

날이 바짝 서서 으르렁거리는 김은채.

대화가 시작되자 김은채의 모습은 또 1교시 끝나고 휴식 시간 때와는 좀 달랐다. 누누이 말했지만 지영은 말투, 눈빛에서 상대의 감정을 읽는 데 이골이 난 사람이다. 정말 관심법을 쓰는 사람이 존재하지 않는다면, 지영은 세계에서도 거의 탑 수준에 들 것이다.

'불안……'

힐끔, 분명 유은재를 바라보곤 있지만 눈빛이 흔들렸다. 눈동자가 가끔 유은재에게서 떨어져 따로 놀았다.

주변을 둘러보고 싶을 때 나오는 행동. 그러나 그걸 강제로 막고 있는……. 지영은 깨달았다. 서소정이 말했던 납치 얘기가 진짜였다는 사실을. 그게 아니라면 최소 그에 준하는 일이 김은채에게 벌어졌을 것이다.

공황장애.

정신과 상담을 받으면 김은채에게 반드시 나올 병명이었다. 후우. 유은재가 한숨을 쉬더니 지영에게 말했다.

"나 좀 업어줄래?"

"응?"

"조용한 곳으로 가자. 우리가 가면 은채는 분명 따라올 거야."

"알았어."

자리에서 일어난 유은재를 업는 지영. 솜털처럼 가볍진 않았다. 꽤나 묵직한 무게감이 등으로 엄습했다. 체구는 작지만 그래도 중학생이나 됐다. 못해도 40kg 이상이니 가볍다는 건 말도 안 되는 일이었다.

"할 말 있으면 따라와."

"저, 저게……!"

유은재의 도발에 김은채가 걸려들어 자리에서 일어나 부르르 떨었다. 이쯤 되니 지영도 궁금했다. 과연 둘 사이에 무슨 일이 있었는지. 납치라는 단어는 마법처럼 김은채에게 가지고 있던 안 좋은 감정들을 희석시켰다.

까드득!

이를 북북 간 김은채는 결국 유은재를 따라나섰다. 이번엔 경호원 둘이 병풍처럼 뒤따라왔다. 그들의 표정은 조금도 밝지 않았다. 그 이유는 계단을 내려가 본관을 나설 때쯤 알 수 있었다.

김은채가 신발을 신느라 고개를 숙인 틈을 타 두 사람이 보라매에서 나온 경호원에게 고개만 살짝 숙여 인사를 했기 때문이었다.

"미안, 무겁지?"

"아니, 뭐, 괜찮아."

"미안해, 이렇게까지 해서. 은채가 불안해하는 것 같아서 어쩔 수 없었어."

"나도 봤어. 그리고 이제는 니들 사이가 궁금하기도 하고."

"재미없는 대화가 될 거야. 별다른 이유가 없거든. 아니, 사실 나도 잘 몰라. 되게 많이 생각해 봤는데 은채가 나한테 이러는 이유를 도저히 모르겠어."

"그래. 이제 알아봐."

"응, 그러려고."

우레탄 트랙을 돌아 본관 뒤로 가는 중에 유은재가 한 말이었다.

언제 또 봤는지, 확실히 구교사로 뒤쪽으로 가니 나름 신경 써 놓은 쉼터가 보였다. 아직 점심시간은 아닌지라 학생도 없었다.

벤치에 유은재가 앉고, 김은채가 그 앞에 와서 표독스럽게 눈을 떴다. 그러나 지영은 그 눈빛에서 상당히 많이 가라앉은 독기를 볼 수 있었다. 밀폐된 장소에 대한 거부감이 있는 것 같았다.

'공황장애에 폐쇄 공포증이라…… 이해는 가네.'

납치가 진짜였다면 말이다.

아니, 이제 납치는 거의 기정사실이 됐다. 유은재는 아마 알고 있을 테니 물어보면 되겠지만 민감한 부분 같아서 아직 묻진 않았다.

"지영아."

"응?"

"저분들 좀……. 은채야 너도."

"내가 왜……!"

김은채가 꽥 소리를 내질렀지만 지영은 자리에서 일어났다. 서소정에게 다가가 사정을 설명했다.

서소정은 김은채를 힐끔 바라봤다. 김은채의 경호원들은 보라매에서 나온 경호원이 가서 잠시 애기 좀 하자고 하며 멀찍이 데리고 떨어졌다.

"뭔가… 청춘 드라마 같은데?"

"처음엔 학교 폭력 드라마였어요."

"그래?"

"네. 뭔 일이 둘 사이에 있었던 것 같은데… 사이가 제대로 틀어졌나 봐요. 그것도 모르고 제가 끼어들었고."

"후후, 평소에 안 그러던 애가 어쩐 일이래?"

"몰라요. 무슨 바람이 분 건지……."

거짓말.

요즘 참 심심찮게 거짓말을 하는 지영이다. 지영은 처음엔 잘 몰랐지만 이제는 잘 알고 있었다. 왜 김은채가 '젠더'라고 한 말을 참지 않았는지. 사실은 젠더라는 말에 화가 난 게 아니었다.

호기심이 생긴 유은재를 김은채가 괴롭혔기 때문에 그래서 나섰다.

"큰 문제는 안 됐으면 좋겠는데……."

"괜찮을 것 같아요."

"그럼, 그래야 돼. 너는 안 찍어도 보라매는 대성그룹에서 받는 씨에프도 많단 말이야."

"걱정 마요. 제가 잘 해결할 테니까."

앙금이 깊게 남은 것 같지만 다행히 한 사람만 그런 상태였다. 김은채만 어떻게 풀어주면, 이 사이는 꽤나 말끔하게 풀릴 것 같았다. 지영아! 유은재가 손짓으로 불러 지영은 서소정에게 갔다 오겠다는 말을 한 뒤 유은재에게 갔다.

"지영이도 들었으면 해."

"왜? 왜! 얘는 아무런 상관없잖아!"

"지영이 아니었으면 오늘 같은 기회도 안 왔을 거야. 난 계속 널 무시할 생각이었거든. 지영이가 나서서 말려줬으니까, 지영이는 우리 사이에 끼어서 다치길 바라지 않으니까."

"싫어, 난 이런 애 앞에서 우리 얘기를 하는 게 싫다고!"

"그래도 해야 돼. 나는 이 친구를 잘 모르지만 그래도 제삼자의 입장에서 잘 들어줄 것 같아. 그리고 니가 또 나 때릴 수도 있잖아. 지영이는 날 지켜줄 거야, 아까처럼. 기사님 같았거든."

"이이……!"

김은채는 씩씩거렸지만 유은재의 조곤조곤한 말을 이기지 못했다. 눈빛, 어조가 완전 언니가 동생을 다독이는 것처럼 보였다. 지영이 역시나 유은재, 이 여학생은 특이하단 생각을 했다.

솔직히 말도 안 되는 이유였지만 그걸 화법으로 상대에게 강제로 이해시켰다. 김은채가 지금 정상이 아니어서 그렇기도 하지만 유은재의 분위기와 말투는 워낙에 거절 못 할 힘을 가지고 있었다.

"후… 아."

심호흡을 크게 한번 한 유은재가 조금은 날카롭게 눈을 뜨고 물었다.

"왜 그랬어?"

"뭐가?"

"왜 괴롭혔어, 나? 나 아무것도 잘못한 일 없잖아."

"몰라서… 물어?"

"응, 모르겠어."

김은채의 반문에 유은재는 고개를 도리도리 저으면서 대답했다. 그 표정에는 정말 모르겠단 표정이 역력했다. 지영도 궁금했다. 유은재의 말을 들어보면 재벌가 아가씨지만 심성이 좋았던 걸로 유추가 된다. 그런데 그랬던 아가씨가 지금은 독기 가득 품은 아가씨가 되어 있다. 솔직히 납치 얘기는 여기서 나올 얘기가 아니었다.

김은채도 그건 알 것이다.

하지만 둘 사이가 틀어진 이유쯤은 나와도 될 이야기다.

"싫었어. 그냥 니가 싫었어."

"거짓말. 그러면서 넌 내 급식비도 지금까지 내줬어. 여러 가지로 힘들게 알아봤어. 선생님들한테."

"아니거든?"

"아니, 맞아. 니가 날 괴롭히기 시작하면서 널 따라서 날 괴롭히던 애들. 걔네들도 은채 너가 혼내준 거 알아."

"흥, 그것도 아니거든?"

지영은 들으면서 고개를 갸웃거렸다.

뭐야, 츤데레야? 이렇게 생각할 뻔했지만 그렇게 보기에 김은채가 아까 유은재에게 하던 행동들은 너무 과했다. 머리채를 잡았을 때도 잡는 시늉만 한 게 아니었다. 진짜 잡고 이리저리 머리가 뽑힐 정도로 흔들어댔다.

그럼 욕에 깃든 감정은?

그것도 진짜였다.

싫다는 감정에서 나오는, 진짜 분노가 서린 욕설들이었다.

"이 학교도 그래. 우리 원에서 멀어서 가고 싶었지만 난 포기했어. 그런데 떡 하니 통학 버스가 생겼더라? 그것도 무료로. 알아봤는데 이것도 작년에는 없었어. 이것도 은채 니 작품이지?"

"아냐!"

"아니, 맞아. 물증만 없지 난 심증은 이미 굳혔어. 중원그룹이랑 대성그룹, 사이좋잖아. 기업 간 협력 맺었다는 기사도 봤고. 아, 맞다. 두 그룹에서 나란히 기사 내놓은 것도 봤어. 장애우를 위한 지원을 확대하겠다는. 그런데 왜 그게 딱 내가 전액 장학생으로 들어가는 이번 해부터 시작됐을까?"

"……."

올 초, 중원그룹과 대성그룹이 Cooperation Between Business를 맺었다는 기사는 지영의 식탁에서도 나온 적이 있던 얘기다. 중원그룹은 대성그룹에 식품 쪽을, 대성그룹은 건설 쪽을. 현실에서 거의 나오지 않는 기업 협력이었고, 워낙에 둘 다 공룡 기업이라 한참 시끄럽기도 했었다.

게다가 임미정이 몸담고 있는 로펌이 중원그룹의 법률 자문을 해주기도 했었기 때문에 지영도 아는 얘기였다.

고개를 푹 숙이고 있는 김은채의 정수리를 바라보며, 유은재는 말을 이었다.

"앞뒤가 너무 안 맞아서 한참 고민했었어. 하지만 내게 이런 상황을 안겨줄 사람은 아무리 봐도 은채 너밖에 없더라."

"아니야⋯⋯."

"뒤로는 잘해줘. 그런데 앞에서는 때리고 욕해."

"아니라고⋯⋯."

"은채야. 나 많이 참은 것 같지 않니? 이제 그만 사실을 말해줄래?"

유은재의 그 말에 김은채가 숙였던 고개를 천천히 들어 올렸다. 그 움직임은 무슨 구체 인형 같았다.

눈빛이 착 가라앉아 있었다.

눈매를 가늘게 뜬 김은채의 눈빛을 본 지영은 얼른 유은재의 앞을 막아섰다. 솜털이 쭈뼛 서는 느낌.

지영은 이런 느낌을 아주 잘 알았다.

유은재도 이번만큼은 놀랐는지 지영의 교복 자락을 잡았다. 그리고 부르르 떨림이 느껴졌다. 유은재가 선견지명이 있었다. 만약 지영이 없었다면 김은채는 분명 유은재에게 달려들고도 남았다. 지영도 놀랐다. 태세 전환? 분위기 전환이 너무 극단적이었다.

'뭐가 문제였지? 뭘 건드린 거지?'

두 사람의 대화는 전부 들었다.

문제될 건 없어 보였다.

아주 무난하게 화해하는 분위기로 가는 것 같다고 느꼈을 정도였다. 그런데, 한순간에 갑자기 확 틀어졌다.

가라앉은 눈빛으로 유은재와 지영을 보던 김은채가, 천천히 입을 열었다.

"아무것도, 아무것도 알려고 하지 마."

그러곤 등을 돌려 사라졌다.

그 모습과 현 상황이 지영은 너무 황당했다. 뭐 이런 경우가 있지? 뭘 설명할 것도 없었다. 김은채는 정말 그렇게 떠나갔다.

"……."

"……."

멀어지는 김은채의 모습을 보며 두 사람은 잠시간 말을 잃었고, 그렇게 만남은 끝났다. 이번 생의 첫… 과의 만남이.

chapter25
임은이의 삶

입학 첫날 작은 트러블 이후, 다음 날 멀쩡하게 다시 학교에 나타난 김은채는 유은재와 지영을 소 닭 보듯 했다. 완벽한 무시. 어릴 적 민아 이후로 오랜만에 보는, 정말 종잡을 수 없는 캐릭터였다. 이후 지영은 조용히 학교를 다녔다. 오전에는 학교, 오후에는 촬영장을 가며 스케줄을 소화했다. 그렇게 정신없이 지내다 보니 한 달이 순식간에 지나갔다. 유은재와는 그 이후로 간간히 연락을 했다.

　그날 제대로 마무리를 못 해 지영은 자신이 촬영장을 간 이후를 걱정했지만 다행히 김은채는 오후에 지영이 없다고 유은재를 괴롭히지 않았다. 안 그래도 찝찝한 마음이 있었는데 이 부분은 정말 다행이었다.

'Mushin: The birth of hero'의 스코어도 안정적이었다.

'리틀 사이코패스'처럼 어마어마한 스코어는 나오지 않았지 만 천만은 일찌감치 넘겼고, 외국 영화 관객수 1위인 아비터 는 충분히 제칠 거란 견적이 나왔다.

촬영도 순조로웠다.

세 명의 주인공이 각자의 신을 소화했고, 첫 만남 이후의 단체 신도 소화를 해갔다.

4월 초.

날이 따뜻해지기 전에 소화해야 할 장면이 많아 지영은 거 의 매일 촬영장에 나가야 했다. 물론 불만은 없었다. 갑갑한 학교이 비하면 촬영장은 지영에겐 천국이었다.

오늘도 4교시 수업까지만 받고 촬영장으로 향하는 지영은 서소정이 건네준 CF 제안서를 보며 고개를 갸웃거렸다.

"누나."

"응?"

"대성그룹에서 온 거, 이거 진짜 저한테 온 게 맞아요?"

"너한테 왔으니까 내가 가져왔지."

"흠……."

대성그룹과 사이는 그다지 좋지 않다고 할 수 있었다. 당연히 김은채 때문이었다. 원래 그 이전에도 대성그룹에서 지영에게 CF 제안서는 많이 보냈었다. 하지만 지영은 여태껏 은정백화점 빼면 다른 CF는 한 편도 찍지 않았다.

이 때문에 보라매에서 불만이 많았지만 영화 한 편 찍으면 CF와는 비교도 안 되는 수입을 벌어들이니 뭐라고 할 수도 없었다. 그렇게 고집스럽게 노출을 최대한 피하며 CF는 자제했던 게 지영이다.

하지만 그렇게 지영이 계속 거절해도 끈질기게 제안서를 보내는 곳이 몇 군데 있었는데, 대성그룹도 그중 하나였다. 공룡기업이 뭐가 아쉬워 그리 매달리는지…… 이전이라면 가차 없이 거절했겠지만 이번 제안서는 김은채 때문인지 일단 살펴는 봤다.

그리고 흥미가 돌았다.

"예술중학교 홍보 영상이라……. 이게 왜 대성그룹 이름으로 온 거지."

"음, 아무래도 요즘 두 기업 간 협력 때문에 그런 게 아닐까? 대성에서 예술중에 지분을 넣고 싶어 하는 거일 수도 있잖아."

"흠……."

중원 예술중학교.

수입을 내기보단 오히려 적자로 운영하는 학교였다.

일단 기본적으로 장학생이 매우 많다. 식비, 교재도 무상이다. 학비도 그리 비싼 편이 아니었는데 그마저도 학생의 반 이상이나 학비를 면제해 준다고 들었다. 오직, 예술 분야 지원을 위해 설립한 학교라 국내 세 손가락 안에 들어가는 중원그룹에서 거의 모든 걸 후원한다.

그런데 여기에 대성그룹이?

"뭐 먹을 게 있다고?"

"글쎄? 그것까진 누나도 잘……."

정상적이지 않은 제안이라서 지영은 좀 의심이 됐다.

'김은채가? 아니지. 걔가 그럴 이유가 없잖아.'

김은채는 유은재는 물론 지영까지 묶어서 아예 없는 사람 취급했다. 예술중 홍보 영상에 지영이 나가봐야 김은채에게 도움이 될 건 하나도 없었다. 물론 지영도 마찬가지였다. 대성그룹 이름으로 영상이 제작되니 찍는다 해도 그룹과 학교만 이득을 본다. 이런 양자 간 얻을 게 다른 제안을 보내온 이유가 지영은 궁금했다.

다른 CF들은 볼 게 없었다.

은정 백화점에서 자체 브랜드를 론칭할 때가 됐지만 아직 지영에게 이렇다 할 얘기가 온 건 없었다.

그사이 차는 합천 테마파크에 도착했다. 테마파크 안쪽 배우들 전용 주차장에 도착했는데 못 보던 차량과 익숙한 차량

한 대가 더 있었다.

'이건 지원 누나 차고, 이건 누구 차지?'

송지원의 개인 차량 말고, 그녀가 스케줄을 다닐 때 타고 다니는 밴이 한 대, 그리고 또 다른 밴 한 대가 더 있었는데 이 차는 오늘 처음 보는 차량이었다. 누가 차를 바꿨나? 하는 생각을 하며 대기실에 갔더니, 예상도 못 한 인물이 와 있었다.

"어, 레이샤?"

"하이."

지영이 들어서자 손을 살랑살랑 흔들며 웃는 레이샤. 그녀의 앞에는 오늘 신이 있는 칸나와 아까 차로 짐작했던 송지원이 와 있었다.

"지원 누나는 그렇다 치고, 레이샤는 어쩐 일이에요?"

"야, 뭘 그렇다 쳐? 이게 오랜만에 봤는데 막말하네, 아주!"

"누난 뭐, 놀러왔겠죠."

후후.

"짠!"

"이게… 음."

레이샤는 짧게 웃고는 무슨 자랑하듯 대본을 내밀어 보여줬다. 잠깐 살펴보니 특별 출연 분량이었다. 그 시대에는 정말 희귀했던 여성 기자로, 마찬가지로 특별 출연인 시스터(Sister) 송지원을 만나 그 당시 처참한 한국의 실상을 카메라에 담는 역할이었다.

이 신은 오늘 지영이 찍을 신의 바로 옆 세트장에서 같이 찍을 예정이었다.

"아……."

"아는 무슨 아야. 뭐야, 내가 나오는 게 마음에 안 들어?"

"아뇨, 그럴 리가요."

지영은 송지원의 짐짓 삐진 척에 손을 흔들며 얼른 부정했다. 요즘 송지원은 'Mushin: The birth of hero'을 찍을 때의 요원 느낌은 많이 빠져 있었다. 머리도 다시 평소 즐겨하던 로즈 골드 핑크로 염색해 여자여자한 느낌이 물씬 풍겼다.

오늘은 시스터 역이니 아마 가발을 쓰고 촬영에 임할 것 같았다.

"흥!"

"전 옷 좀 갈아입고 나올게요."

토라진 척도 한두 번이지, 지영은 얼른 간이 의상실로 들어가 옷을 갈아입고 나왔다. 처음은 당연히 낮 신이라 양장을 입은 지영은 가슴 보정까지 알아서 세팅하곤 블라우스를 입고 밖으로 나왔다. 지영이 나오자 레이샤와 송지원의 시선이 날카롭게 날아들었다.

칸나야 이미 몇 번이나 봤으니 익숙한 상태였지만 두 사람은 지영이 이 정도까지 여장한 걸 처음 봤다.

"와우……."

먼저 레이샤의 감탄이 흘러나왔다. 손뼉을 몇 번 친 그녀는 일어나서 지영을 자세히 살폈다. 송지원도 마찬가지였다. 인터넷에 지영이 여장한 뒷모습이나 옆모습 사진 몇 장은 돌아다니긴 했지만 정면으로는 처음 보는 그녀였다.

워낙에 중성적인 외모라 그런지 아직 노 메이크업에 가발을 쓰기도 전인데 지영은 충분히 여성적인 느낌이 났다.

"진짜 예쁘긴 하네."

송지원의 감탄에 레이샤도 고개를 끄덕였다. 그러곤 폰을 꺼내 얼른 셀카를 찍었다. 송지원도 마찬가지였다. 그녀들은 여장한 배우들을 많이 봐왔었지만 지영처럼 아예 여자처럼 보이는 배우는 본 적이 없었다.

"무신 때와는 진짜 완전 다르다. 다이어트 많이 했지?"

"네, 죽는 줄 알았어요. 지금도 죽겠고요. 어휴."

레이샤의 질문에 지영은 자리에 앉으며 고개를 절레절레 저었다. 지영은 아직도 관리 중이었는데, 이건 진짜 혼자만의 싸움이었다. 사람 환장한다는 게 뭔지 지영은 정말 요즘 절절하게 느끼고 있었다.

하지만 그래도 그 극한의 관리를 지영은 아주 잘 감내하고 있었다. 수도승 때의 삶의 아주 큰 도움이 되고 있었다.

"메이크업한 모습도 기대된다, 후후."

"영화 배경이 있으니까 이 모습에서 크게 달라지진 않아요."

"그래?"

"네."

"거짓말!"

칸나가 처음으로 소리치며 대화에 끼어들었다.

"지영 거짓말하고 있어요! 엄청 달라요! 지금의 부자연스러운 모습들이 완벽하게 사라져요! 그냥 여자가 돼요!"

왜 흥분한 거지?

무려 천년돌 칸나의 외모면 충분히 지영보다 예쁜데 말이다.

"이거! 이거 지영이 처음 여장했을 때 찍은 사진이거든요? 다르죠?"

"오……."

"진짜네… 지금보다 훨씬 자연스러운데?"

레이샤와 송지원이 칸나가 내민 폰을 빤히 보면서 감탄을 흘렸다. 지영은 쓴웃음을 짓고는 서소정에게 연락해 이성은 과 한정연을 보내달라고 했다. 이제 촬영까지는 한 시간 남았으니 슬슬 준비할 시간이었다.

두 사람이 들어오고 메이크업에 들어가는 지영. 그럼 지영의 모습을 관찰하며 주변을 맴도는 세 사람.

그녀들도 준비할 게 있어서 개인 매니저들이 오기 전까지 지영은 계속 부담스러운 시선을 감당해야 했다.

전처럼 준비를 끝내고 밖으로 나가는 지영.

고은성과 김새연은 먼저 나와 있었다.

"안녕하세요."

"으응, 안녕……."

"응."

지영의 인사에 딱 성격이 보이는 답변들이 돌아왔다.

고은성은 아직도 지영의 모습이 적응이 안 되는지 눈을 잘 못 마주치고 있었다. 김새연은 무덤덤한 표정으로 애써 무시하고 있었다. 그런 걸 잘 알지만 지영은 부담을 주기 싫어 굳이 얘기하진 않았다.

힐끔, 김새연이 지영을 한차례 봤다가, 다시 대본을 보며 먼저 말문을 열었다.

"컨디션은 어때?"

"좋아요."

"그래? 다행이네. 오늘도 잘 부탁할게."

"네, 저야말로 잘 부탁드려요."

이후 일단 가볍게 대사를 주고받으며 연습을 했다. 오늘 찍을 신은 세 사람이 오랜만에 모여 티타임을 가진다는 내용이다. 물론 밖은 아니고, 정은정의 저택의 정자에서 촬영이 이루어진다.

　이제는 아슬아슬하게 꽃잎이 남아 있는 벚꽃 나무 아래 정자에서 즐거운 한때를 보내는 모습을 찍고, 다시 각자 개인 신 촬영에 들어간다. 오늘이 신을 찍고, 임무를 수행하는 신을 찍는다.

　액션 신도 있어 오늘도 촬영은 꽤나 길어질 것 같았다. 세 사람은 연습을 마치고, 바로 각자의 자리로 가 레디 사인을 기다렸다.

　촬영은 순조로웠다. 세 사람이 시원한 바람이 부는 정자 위에서 담소를 나누고, 우정을 차곡차곡 쌓는 신이 끝나고, 특별 출연인 레이샤와 송지원의 짧은 촬영도 끝났다. 이후 고은성과 김새연의 개인 신 촬영이 끝나고 나자 어느새 해가 서산을 넘어갔고, 지영의 차례가 왔다.

＊　　　　　＊　　　　　＊

　허름한 방앗간에 몸을 숨긴 그녀는 낮에 받아온 서신을 호롱불 아래 펼쳤다.

　一級 甲 發令.
　친위대(親衛隊) 정보 수집.

송병준(宋秉畯) 정보 수집.

한규설(韓圭卨) 행적 파악.

의열단(義烈團) 접선 추진.

신민회(新民會) 접선 추진.

임무 내용을 보던 그녀는 인상을 작게 찌푸렸다. 첫 번째, 일급 갑 발령은 상황이 급변하고 있음을 뜻한다. 그래서 그 밑으로 임무가 매우 많았다. 하나도 벅찬 임무들이지만 그만큼 지금 급박하다는 뜻으로 해석이 가능했다.

본래 비선만 잇는 임무를 수행하던 그녀에게 이런 임무를 내린 건 위험을 감수하고서라도, 거사를 치르겠다는 뜻도 담겨 있었다.

'친위대는 아마도 그들의 행사를 말함일 거고, 송병준 이 새끼는… 암살하기로 결정됐구나.'

민족 반역자. 송병준은 이미 양부가 몸담은 조직이 오랫동안 별렀던 놈이었다. 하도 조심성이 많아 쉽게 다가갈 수 없었지만 이번엔 마음을 굳힌 것 같았다. 그녀는 잠시 송병준에게 접근할 방법을 떠올려봤다.

딱 하나.

가장 쉽고도 어려운, 고전적인 계책이 있었다.

미인계였다.

다행히 송병준은 여색을 꽤나 밝힌다고 했으니 잘만 지켜 보고 있다 보면 어떻게든 접근할 수 있을 것 같았다.

'한규설 선생은… 당장 찾기 쉽지 않겠어. 일단 뒤로 미루 고. 의열단은 알고 있고, 신민회도 쉽지 않은데……'

독립운동가, 한규설 선생은 이 나라 조정에 몇 남지 않은 진정한 장군이었다. 파면되었다는 얘기를 듣긴 했지만 지금 어디서 뭘 하고 있는지에 대한 정보는 하나도 아는 게 없었 다. 다만 그와 친했다던 이상재(李商在) 선생의 소재는 파악하 고 있으니 일단 그를 만나봐야 할 것 같았다.

의열단의 소재도 파악은 하고 있었다.

'오늘이……'

날짜를 세어본 그녀는 내일 마침 의열단의 비선을 만나기 로 한 날이라는 걸 깨달았다. 신민회는 어차피 파악도 못 하 고 있는 상태니 이상재 선생과 의열단을 먼저 만나보기로 결 정했다. 목에 걸고 있던 회중시계를 보니 현재 저녁 여덟 시였 다. 쇠뿔도 단숨에 빼랬다고, 그녀는 오늘 바로 이상재 선생을 찾기로 했다. 자리를 정리하고 바로 방앗간 창고를 나선 그녀 는 주변을 슬쩍 둘러봤다.

느껴지는 인기척은 없었다.

이미 다케시 그놈에게 꼬리를 잡힌 마당이라 그녀는 항상 주변을 살피는 게 일이 되어 있었다.

요즘 한성 거리는 극도로 가라앉아 있는 상태였다. 저번 주 내내 한성 곳곳에서 벌어진 독립운동이 그 이유였다. 거리 곳곳에 순사들이 순찰을 돌고 있었기 때문에 본래 한 시간이면 걸어서 이상재 선생의 댁에 도착하고 남았겠지만 조심스럽게 움직이다 보니 두 시간이 훌쩍 지났다.

'음…….'

저택이 보이는 골목 어둠에 몸을 숨기고 있던 그녀는 짧게 침음을 흘렸다. 이상재 선생은 감시 대상이라 그런지, 주변에 순사들이 꽤나 많이 돌아다니고 있었다. 이건 숫제 감금이나 다름없어 보였다.

집이되, 감옥.

하지만 그녀에게 이 정도 감시를 따돌리는 건 일도 아니었다. 한 시간 주시 끝에 순찰 주기를 파악한 그녀는 재빠르게 움직여 담을 타넘었다.

탁.

그런데 바닥에 착지하기 무섭게 짧은 신음이 흘러나왔다.

"흡!"

"……."

그 억눌린 신음 소리에 그녀는 곧바로 몸을 날려 신음을 흘린 대상의 입을 막았다.

"……."

"......."

쉴 새 없이 끔뻑이며 파랑 치는 눈동자 속에 담겨 있는 짙은 공포가 보였고, 더벅머리 여아가 그런 눈빛으로 그녀를 바라보고 있었다.

쉿.

그녀는 천천히 손가락을 입술에 가져다 댔다. 그러나 불안과 공포에 떨던 여아의 눈빛은 쉽게 돌아오지 않았다. 하지만 곧 천천히 고개를 끄덕거렸다. 눈치가 빠른 아이였다.

"이상재 선생님을 만나러 왔어."

"......."

이번에도 끄덕.

여아의 눈동자가 그녀의 눈을 직시했다. 눈빛과 눈빛이 어둠 속에서 부딪쳤다. 그녀는 입가에 슬며시 미소를 지었다. 이 눈치 빠른 여아, 아니, 몸종은 그녀가 어떤 사람인지 살펴보는 것 같았다.

"나쁜 사람은 아니니 걱정 마렴."

그녀의 말은 쉽게 믿을 수 있는 말은 아니었다. 야밤에 담을 넘은 자신이 선량한 사람이라 말한들 쉽게 믿을 수도, 믿어서도 안 될 얘기였다. 그래서 그녀는 가장 안전한 방법을 선택했다.

"아프지 않게 할게, 잠시만 쉬고 있으렴."

"……."

그녀의 남은 손이 천천히 몸종의 목으로 내려갔다. 그렇게 내려간 손에 경동맥을 지긋이 압박했다. 이곳은 잠시만 누르고 있어도 의식이 툭 끊어지는 급소였다. 물론 그녀는 몸종을 죽일 생각은 없었다.

몸종의 눈빛에서 의식이 스륵 빠져나가며 쓰러지는 몸을 받쳐 뉘인 뒤, 손과 발을 묶었다. 어쩔 수 없었다.

이 아이가 소리라도 지르면? 정말 골치 아픈 일이 벌어질 수도 있었다. 하지만 그렇다고 입에 재갈을 물려놓고 그냥 갈 수도 없었다.

운신에 제한을 받겠지만 안고 가는 수밖에 없었다.

그녀는 몸종을 안고 이상재 선생이 이 시간만 되면 책을 읽는다는 별채로 갔다. 역시 별채에는 아직 불빛이 들어와 있었다. 주변을 조용히 살펴봤지만 인기척은 없었다. 그녀는 조용히 앞으로 다가갔다. 고양이처럼 살금살금 문 앞까지 이동했을 때였다.

"야밤에 어디에서 찾아온 손님이신가."

"…회에서 왔습니다."

그녀의 조용한 대답에.

"들어오게나."

이상재의 조용한 답변이 돌아왔다.

　　　　　　*　　　　　*　　　　　*

"컷! 오케이!"

장재원 감독의 외침에 지영은 안고 있던 몸종을 내려놨다.

"괜찮니?"

"네."

"잘 참았어."

지영은 이제 초등학교 2학년의 아역 연기자 배수연의 손과 발을 묶은 끈을 풀었다. 요 나이대 아이치고는 눈빛이 참 똘망똘망했다. 지영이 신기한지 끈을 푸는 내내 지영의 얼굴을 바라보고 있어 지영은 잠시 손을 들어 머리를 쓰다듬어 줬다.

"자, 다 됐다. 잘했어."

"저 진짜 잘했어요?"

"그래, 잘했어. 하나도 안 어색했고. 연습 많이 했던데?"

"감사합니다, 언니."

"하하."

오빠라고 해야지.

정정할 틈도 없이 일어나 고개를 꾸벅 숙인 배수연은 종종 걸음으로 보호자로 온 엄마에게 달려가 안겼다. 지영도 자리에서 일어나 장재원 감독에게 가서 영상을 확인했다. 크게 문제낄 정도로 잘못 나온 장면은 없었지만 조금 부족해 보이는 곳이 보였다.

특히 담을 타넘는 장면은 착지가 좀 불안했고, 수연이를 안고 가는 장면은 걸음걸이가 좀 부족해 보였다.

"이 부분, 그리고 이 부분만 다시 갈까요?"

"네, 준비할게요."

지영은 그렇게 답하고 두 신을 다시 찍어 완벽주의자 장재원 감독의 오케이를 받아냈다. 그리고 30분의 짧은 휴식을 받았다. 조금 움직였다고 바로 허기가 져서 대기실로 온 지영은 바로 바나나와 방울토마토로 배를 채우고 있는데 문이 벌컥 열렸다.

"어구구, 불쌍해서 어쩌니? 후후후."

"아 누나, 그걸 꼭……."

웃으면서 송지원은 손에 비닐 봉투 하나를 들고 있었는데, 안에 뭐가 들었는지 안 봐도 알 것 같았다. 햄버거. 햄버거. 햄버거! 요 몇 달간은 구경도 못 해본 패스트푸드계의 제왕이 풍기는 냄새에 지영은 끙, 앓는 신음을 흘렸다.

그녀의 뒤로 당당한 표정의 레이샤와 약간 미안한 표정인 칸나가 따라 들어왔다. 근데 그녀들의 손에도 비닐 봉투나 종이 가방을 들고 있었는데 각각 냄새가 다 달랐다.

"와… 너무한다, 진짜."

지영의 투덜거림에 근처 테이블에 좌악, 음식을 펼치는 세 사람.

"흥, 너무 예쁜 벌이야."

"내 잘못이에요, 그게?"

"주고 싶은 사람 마음이지, 후후."

"에휴."

고개를 절레절레 저은 지영은 이 장난을 주도했을 송지원을 한번 째려봐 주곤 밖으로 움직였다. 테이블을 지나면서 슬쩍 봤는데 불고기 도시락 세 개, 떡볶이와 튀김 순대와 햄버거까지, 아주 그냥 제대로 한 상 차렸다.

"어디 가!"

"아, 누나. 그거 먹고 있는 거 지켜보라는 건 진짜 아니죠. 나 짜증 낼지도 몰라요?"

"어, 누나한테 화내게?"

"못 낼 것도 없죠, 뭐. 이런 경우 없는 상황에서!"

"칫!"

송지원이 지영의 말에 손을 놓자 레이샤가 고양이처럼 쿡쿡거리며 웃었다. 두 사람의 대화를 이해는 못했지만 대충 분위기로 파악한 것 같았다. 칸나는 잔뜩 미안한 표정으로 손을 모아 살살 비비고 있었다.

"칸나가 뭔 죄가 있겠어요. 이게 다 여기 배울 거 없는 누나 때문이지."

"야! 아니거든! 이거 레이샤가……!"

쿵!

지영은 말을 다 듣지 않고 대기실 밖으로 나왔다. 스태프들도 잠시 휴식인지 여기저기 앉아 쉬고 있는 게 보였다. 장재원 감독은 시간을 참 잘 쪼개서 쓴다. 그래서 항상 다른 감독들보다 촬영 기간 자체는 짧았다. 물론 편집하는 데 더 시간이 걸리긴 하지만 배우들에게 부담은 적었다.

쪼르르.

배수연이 달려와 지영에게 종이와 펜을 내밀었다.

"사인! 사인해 주세요! 세 장요!"

"그래, 이리 줘."

볼에 묻은 검댕도 지우지 않은 수연이는 참 귀여웠다. 지연이도 크면 이렇게 귀여울까? 수연이의 부탁대로 사인을 해주자, 수연이가 종이를 품에 안고 배꼽 인사를 했다.

"감사합니다, 언니!"

"음… 오빠라고 해야지?"

이번엔 수정을 해주자, 수연이는 고개를 갸웃했다. 그러면서 지영을 빤히 바라봤다. 수연이의 시선으로 이리 보고, 저리 봐도 지영의 모습은 언니의 모습이었다.

"아닌데… 언닌데……."

"끙… 그래. 수연아, 저녁은 먹었고?"

"네! 근데 배고파요!"

"하하."

좀 멀찍이 떨어진 수연이의 어머니가 있는 곳으로 수연이의 손을 잡고 간 지영은 안에서 배우들이 간식을 먹고 있는데 수연이 좀 데려가서 먹여도 되는지 물어봤다. 요즘은 패스트푸드 같은 간식 먹이는 것을 질색하는 부모님이 있다는 걸 지연이를 키우는 임미정을 통해 알고 있기 때문에 사전에 부모의 의사를 묻는 건 필수라고 생각한 것이다.

다행히 배수연의 어머니는 그런 걸 크게 따지지 않는지 웃으며 괜찮다는 허락을 해줬다. 수연이의 손을 잡고 대기실로 들어가자 테이블에 옹기종기 모여앉아 전투적으로 음식을 먹고 있던 세 사람의 시선이 지영에게 왔다가, 지영의 손을 잡고 있는 배수연에게 넘어왔다.

"어, 수연이네? 언니한테 와."

"네!"

지영의 뜻을 바로 파악한 송지원의 말에 수연이는 지영의 손을 놓고 쪼르르 달려갔다. 그러곤 그녀의 무릎에 앉아 송지원이 떠주는 떡볶이와 순대를 냠냠 잘도 받아먹었다. 그러면서도 힐끔힐끔 지영의 눈치를 보는 수연이 때문에 지영은 나가지 않고 근처 소파에 앉았다.

'어차피 삼십 분은 금방이니까……'

시간을 보니 휴식 시간으로 줬던 30분 중 벌써 반이 넘게 지나 있었다. 지영은 잠시 귀를 닫고 눈을 감았다. 시끄럽게 떠드는 소리들이 점차 멀어졌다. 슬쩍 열어 놓은 수도승의 기억과 그 삶의 경험이 심신을 정화해 주기 시작했다.

참 이런 걸 보면 자신이 인간인지 괴물인지, 그것도 아니면 악마인지 종잡을 수 없다는 생각이 들었지만 그 생각도 들기 무섭게 다시 지워져 갔다. 진짜 15분은 금방 지나갔고, 지영은 다시 서랍을 닫고 대기실을 나섰다.

종종종 따라오는 수연이의 손을 잡고 밖으로 나온 지영은 쌀쌀한 바람에 인상을 잠시 찌푸렸다가 폈다.

저 멀리 이상재 역의 백순철이 드럼통에 피워놓은 모닥불 앞에서 대본을 보고 있었다. 이제 60대에 들어선 노년의 배우. 연기력은 굳이 말로 설명할 필요도 없는 배우다.

"안녕하세요, 선배님."

"아, 그래. 이따 잘 부탁하네."

"네, 선배님. 저도 잘 부탁드립니다."

지영의 대답을 듣고는 다시 대본을 들여다보는 백순철. 그는 말이 많은 배우가 아니었다.

지영도 그 앞에서 서서 주머니에서 대본을 꺼내 다시 한번 대사를 숙지했다. 그리고 다시 10분 뒤, 지영은 간식을 먹었다고 조금 무거워진 수연이를 안았다.

'레디, 액션.'

*   *   *

드르륵.

몸종을 안은 채 문을 천천히 연 그녀는 안에서 꼿꼿한 자세로 앉아 있던 이상재 선생을 확인한 뒤 안으로 들어갔다. 그는 낯선 그녀보다 안겨 있는 몸종을 먼저 바라봤다. 조심스럽게 몸종을 내려놓은 그녀는 쓰고 있던 복면을 벗곤 조용히 입을 열었다.

"잠시 잠들었을 뿐입니다."

"그런 것 같네. 새근새근 숨소리를 들어보니. 그래, 어느 회의 누가 보냈나?"

"정무선 선생이 보내셨습니다."

"정무선이라……."

정무선은 한성 제일 부자였던 이의 이름이었다. 을사조약(乙巳條約)이 체결되기 이전까진 말이다. 그 당시 그 조약을 가장 격렬하게 반대했던 이 중 하나가 정무선이었고, 조약이 체결되자 모든 가산을 압수당하고 한성에서 쫓겨난 이의 이름이기도 했다.

비슷한 길을 걷고 있는 이상재가 정무선의 이름을 모를 리
가 없었다.

"그 친구는 잘 지내고 있나?"

"이를 갈고 지내시고 있다 들었습니다."

"허허, 그 친구 기질이라면 충분히 그럴 만하지. 은혜는 열
배, 원한은 백 배로 갚는 게 그 친구 철칙이었으니, 허헛."

실제로 양부를 통해 전해들은 정무선은 복수의 칼날을 갈
고 있다고 했다. 그 대상은 을사오적은 아니었다. 송병준, 민족
반역자 중 한 명인 송병준이 정무선의 복수 대상이었다.

"그래, 피차 오래 얘기할 여건이 안 되니 어서 본론으로 들
어가세나. 이 야심한 시간에 왜 찾았나?"

"한규설 장군의 행적을 알고 싶어 왔습니다."

"규설이 그 친구는 왜?"

"거기까진 잘 모르겠습니다만 그분의 힘이 필요한 게 아닐
까 생각됩니다."

"음……."

1848년 출생인 한규설은 이상재보다 두 살 많지만 워낙에
호탕한 인물이라 두 사람은 호형호제하며 지냈다. 그렇기 때
문에 이상재는 조심스러웠다. 그 대쪽 같은 성격을 가장 잘
아는 게 이상재 본인이었기 때문이다.

"무선이 그 친구가 대체 무슨 일을 하려는지 감이 잡히지

않는군, 허헛."

이상재는 그리 웃었지만 눈빛은 임은이의 눈동자에 고정되어 있었다. 알고 있는 게 있다면 솔직하게 얘길 하란 감정이 다분히 담겨 있어, 그녀는 망설여야 했다. 말할 것인가, 말 것인가.

흠칫! 고민하던 그녀는 갑자기 눈을 몇 번 끔뻑이더니, 귀를 쫑긋 세웠다.

살금살금 아주 미세한 인기척이 느껴졌다.

등골을 타고 순간적으로 소름이 내달렸고, 그녀는 얼른 일어나 이상재의 뒤에 있는 병풍 뒤로 몸을 날려 숨었다. 그리고 그녀가 몸을 숨기고 십 초가 지나기도 전에 문이 예고도 없이 벌컥 열렸다.

"......"

"......"

일본군 헤이쵸가 문 앞에 턱 서서 뱀같이 쪽 찢어진 눈으로 방 안을 살폈다. 이상재는 그 모습에 인상을 슬쩍 찌푸렸다.

"이 무슨 예의 없는 짓인가."

"키히히……."

헤이쵸는 그 모습에 대답도 하지 않곤 방 안으로 들어왔다. 군화를 신은 채 들어온 그는 어슬렁어슬렁, 방 안을 거닐었다.

"먼가 냄새가 난단 마리지……."

한글을 제대로 익히지 못해 잔뜩 새는 발음으로 비열한 웃음과 함께 나온 그 말에 이상재는 표정의 변화 없이 꼿꼿한 자세를 유지하고 있었다. 160 중반밖에 안 되는 작은 체구지만 병풍 뒤에 숨어 있는 그녀는 비릿한 피 냄새를 맡을 수 있었다. 감각으로 느껴지는 게 아닌, 진짜 피를 묻히고 왔다. 그것도 조금 튄 정도가 아니라 아예 군복을 흥건히 적셨을 때나 날 진득한 냄새였다.

그녀는 안다.

이런 놈들은 결코 쉽게 포기하고 돌아가지 않음을.

그렇다고 지금 나설 수도 없었다. 숨어 있는 위치가 너무 안 좋았고, 저런 놈들은 특성상 이미 총을 쏠 준비를 하고 있을 게 분명했다. 그리고 운 좋게 피하고 제압한다고 하더라도 놈은 분명 신호를 어떻게든 낼 것이고, 소란은 일어날 수밖에 없다. 이상재의 저택이 크다고 하지만 감시 대상이라 주변에 일본군이 꽤나 많았다. 걸리면 곱게 빠져나가긴 힘들다는 소리였다.

그러니 지금은 이상재를 믿을 수밖에 없었다.

"타이사도 나를 막대하진 않는데, 고작 헤이쵸 따위가 무례하군."

"크흘, 그르신니까?"

"쇼헤이 헤이쵸, 지금 이 일은 내 히로시 타이사에게 반드시

전하도록 하지."

"낄낄……."

그 말에도 음산한 웃음을 흘린 놈은 병풍 뒤를 잠시 바라
보다가, 밖으로 나갔다. 탁! 문 닫히는 소리가 난 뒤에도 그녀
는 움직이지 않았다. 놈은 이미 냄새를 맡은 것 같았다. 인상
을 찡그린 그녀의 귀로 이상재의 말이 들려왔다.

"그 아래 창고로 나가는 굴이 있네."

"……."

"그리고 규설이 그 친구는 청주에 있을 걸세."

"감사… 합니다."

"조심히 나가시게."

천을 들자 사람 몸 하나 뺄 만한 나무 판이 보였고, 그곳을
열자 시꺼먼 굴이 그녀를 반겼다. 불은 없었지만 벽을 짚어가
며 이동하자 딱 막다른 벽이 십 분 만에 나왔다. 주변을 다시
더듬으니 사다리가 느껴졌고, 위로 올라가니 이상재가 말했던
것처럼 창고가 나왔다. 퀴퀴한 냄새가 주는 평안을 느끼며 조
용히 숨죽였다. 지금 당장은 아까 방을 찾았던 헤이쵸 놈이
경계하고 있을 게 분명했다. 지금 나가는 것보다 새벽이 올 때
까지 기다리는 게 훨씬 좋은 선택이었다.

'제발… 그냥 넘어가라.'

하지만 그녀의 바람은 역시나 이루어지지 않을 예정인 것

같았다. 소리는 아직 들리지 않지만 그녀는 예민하다 못해 날이 바짝 서 있는 감각으로 느낄 수 있었다. 사방에서 조여오는… 살기(殺氣)를.

'빌어먹을…….'

언제나 그렇듯, 좋게 넘어가는 법이 없었다.

그녀는 품에 손을 집어넣었다. 손끝으로 차가운 금속의 느낌이 전해졌다. 38구경 5연발의 회전식(Revolver) 권총은 그녀가 가진 마지막 원거리 무기였다. 총을 좋아하진 않지만 총만큼 확실하게 적을 제거할 수 있고, 혼란을 조장할 수 있는 무기도 드물었다.

옛날 같았으면 멀리서 활로 저격하거나 은밀히 잠입해 목을 따거나 했겠지만 지금은 시대가 달라져도 한참 달라졌다. 사락사락, 바짓단이 스치며 자박거리는 소리가 들려왔다.

"쉿! 시즈카니, 시즈카니……."

조용히 한다고 했지만 역풍이라 창고 안으로 그 소리가 아주 미약하게 흘러들어 왔고, 그녀는 그 소리를 제대로 들었다. 예상은 빗나가지 않았다. 언제나 그렇듯 운명은 다시 여기서 위기라는 시련을 줬다.

그녀는 당황하지 않았다.

'스물 정도.'

스물이면 충분히 감당할 수 있는 숫자였다. 날카롭게 곤두

선 감각은 아직 창고가 완벽하게 포위되진 않았다는 걸 속삭여 줬다. 시간이 별로 없었다. 혹시라도 지원군이 오면 진짜 빼도 박도 못하고 다시 포위된다.

'돌아갈… 아니야. 이상재 선생에게 피해가 갈 거야.'

다시 굴을 통해 이상재 선생이 있던 방으로 갈 순 있지만 만약이라도 걸리면 그에게 피해가 갈 수 있기 때문에 그녀는 그 선택지를 바로 구겨서 버렸다. 대신 나왔던 입구를 조심스럽게 정리했다. 입구가 발견이 되도 곤란해진다. 하지만 이런 마당이니 어차피 창고 조사는 피할 길이 없었다.

그래도 최대한 정리는 해뒀다.

이용했다는 흔적을 지운 그녀는 품에서 권총을 꺼냈다. 전투는 이제 불가피했다. 인기척은 계속 가까워졌다. 벌레 소리도 들리지 않을 정도의 지독한 침묵 속이니 아무리 조심스럽게 걸어도, 소리는 아주 미약하게라도 날 수밖에 없었다. 그녀라면 아예 안 나게 해줄 수도 있지만 지금은 그런 게 중요한 건 아니었다.

손을 뻗어 총구를 전방으로 겨눴다.

그리고 조용히 카운트를 셌다.

'셋, 둘, 하나.'

벌컥!

타앙……!

귀청이 찢어지는 소리와 함께 입구에 섰던 니토—헤이 한 놈의 몸이 덜커덕 흔들렸다. 심장에 제대로 박힌 탄환이 정상적인 행동, 생각을 마구 방해했다. 그녀는 그 순간 어둠을 박차고 내달렸다.

탕! 타앙!

놈의 잡아 방패로 삼은 다음, 근처에 대기 중이던 두 놈의 미간을 뚫어줬다.

탕! 탕! 타다다당!

일본 제국군 제식 소총인 아리사카(Arisaka)가 둔중한 소리를 내며 불을 뿜어댔다. 퍽퍽퍽! 작은 체구의 그녀를 이미 숨이 끊어진 덩치가 산만 한 니토헤이가 아주 잘 막아줬다. 다만 몸이 움찔거리며 앞으로 엎어지는 걸 강제로 잡아 세우느라 팔이 뻐근했다.

장전식이라 시간이 좀 걸리는 동안, 타앙! 타앙! 다시 두 놈의 대가리를 그대로 날려줬다. 그리고 다시 니토헤이가 허리에 차고 있던 권총을 뽑아 앞으로 겨누며 뒤로 물러났다.

헤이쵸 놈이 저 끝에서 씩 웃고 있는 모습이 보였다.

타앙! 망설이지 않고 놈에게 총구를 향했지만 역시 범상치 않은 놈이었다. 바로 몸을 날려 총구의 궤적에서 벗어난 뒤, '우테! 우테!' 사격 명령을 내렸다.

장전이 끝난 아리사카가 다시 불을 뿜었다.

타다다다당!

"큭……."

한 발이 재수 없게도 방패의 가랑이 사이를 지나 그녀의 허벅지 안쪽 살점을 한 움큼 훔치고 떠났다. 그녀는 감으로 허벅지에 큰 출혈이 일어난 걸 바로 깨달았다. 퍽퍽! 사격이 멈추자 흔들리던 방패를 버리곤 그대로 몸을 날렸다.

타다당!

퍼버벅!

그녀가 있던 자리에 흙이 비산했다. 타앙! 피슉! 헤이쵸가 쏜 한 발이 팔뚝을 스치고 지나갔다. 달리기 시작하자 허벅지 안쪽에서 피가 터지며 지독한 통증을 일으켰지만 그렇다고 절룩이다가는 담을 타넘기도 전에 잡히는 수가 있었다.

타다다당!

퍼버버벅!

운 좋게 소총에서 발사된 탄들은 그녀를 빗나갔다. 타앙……! 하지만 막 담벼락 위에 올라서 밖으로 굴러떨어지기 전에 들려온 총성의 주인은 아주 정확하게 그녀의 어깨를 뚫었다.

퍽!

"커윽……."

몸을 거누지도 못하고 바닥으로 굴러떨어진 그녀. 그녀는 그래도 이 악물고 바로 일어나 달렸다. 허벅지가 뜯기고, 어깨에 총을 맞은 정도로 멈출 그녀가 아니었다. '칙쇼!' 헤이쵸가 짜증 내는 소리를 들으면서 그녀는 골목의 어둠 속으로 몸을 날렸다. 하지만 그녀는 안다. 저 헤이쵸 놈이 쉽게 포기할 놈이 아니라는 것을.

10분 정도 지났을까?

그녀는 천천히 뛰던 걸 멈췄다.

'제길……'

허벅지가 불에 타는 것 같았다. 아니, 진짜 불에 달군 인두로 계속 지지고 있는 것 같았다. 그래서 정신이 어질어질해질 정도로 극통이 몰려왔다. 어깨는 아예 관통상이라 말할 것도 없었다.

시야가 조금씩 흐려졌다.

10분간의 출혈로 슬슬 몸이 위험하다고 경고를 보낼 때 나오는 증상이었다. 하지만 멈출 수 없었다. 저 멀리서 아직도 헤이쵸가 악을 쓰는 게 들렸기 때문이다.

'고작 헤이쵸 따위가……'

하사관 계급도 아니고, 병사 계급인 놈이 대체 왜 저렇게 악독하고, 이해할 수 없는 힘을 가진 건지 이해가 안 갔다.

핑. 시야가 흔들려 갔다.

그녀는 이를 악물고 달렸다. 방앗간? 너무 멀었다. 그때까지 몸이 버틸 수 없다는 걸 그녀는 알고 있었다. 한성 지리를 모두 꿰뚫고 있는 그녀는 지금 현 장소에서, 자신을 도와줄 수 있는 이가 누가 있는지 떠올려 봤다.

그런데 쉽게 떠오르지 않았다. 그녀는 비밀 임무를 수행하기 때문에 자신의 정체를 거의 숨기고 살았다. 기녀의 삶이야 짙은 화장을 하니 웬만큼 눈썰미가 좋지 않고서는 그녀를 알아보기 쉽지 않았다.

헉헉, 어깨를 부여잡고 다리를 질질 끌며 다시 10분쯤 이 악물고 걸었을 때, 불현듯 떠오르는 이름 하나.

'정은정……'

요즘 교류를 맺기 시작한 두 친구 중 한 명의 이름이었다. 그녀는 자신의 정체를 밝히지 않았다. 아직은 본명을 숨기고 만나는 사이지만 왜인지 모르게 창백한 얼굴로 단아하게 웃던 그녀의 얼굴이 떠올랐다.

그녀의 집은 마침 여기서 제법 가까운 곳에 있었다. 부자들의 고관 저택이 즐비한 곳이 이 동네이기 때문이다. 정은정의 이름을 떠올리자 선택지가 빠르게 줄어들어 갔다.

'그래도 그녀에게 폐를 끼칠 수는… 없어.'

그녀를 숨겨줬다가 발각이라도 되면 정은정의 집안은 그 순간 풍비박산 나게 될 것이다. 그녀의 부친도 그렇게 돌아가셨다고 들었다. 독립운동가를 숨겨줬다가 걸려서 일족이 멸문당

할 뻔했지만 백성들의 목숨 건 항의에 재산을 몰수하고, 당시 가주였던 정은정의 부친만 사형시키는 걸로 끝났다고 들었다. 그러니 이 선택은 필시 좋은 선택이 아니었다.

하지만 본능이 그리로 가라고 재촉했다. 그것밖에 방법이 없다고, 살고 싶다면 그녀를 찾아가라고. 그렇게 그녀의 의식을 지배해 갔다.

시야가 빙빙 돌았다.

결국 그녀는 몸을 틀어 본능이 원하는 곳으로 발걸음을 옮겼다.

난간에서 떨어지기 일보직전의 의식을 겨우 붙잡고, 정은정의 집으로 향한 그녀는 문을 두들겼다.

텅텅! 텅텅텅.

"누구셔유?"

다섯 번째 두드리고 나자 안에서 구수한 사투리 섞인 목소리가 들려왔다. 몇 번 본 적이 있는 정은정의 몸종이었다.

"저, 이윤수예요."

"어? 윤수 아가씨세유?"

"네······."

정은정을 만날 때 쓰던 가명으로 겨우 답을 하자 대문이 열렸다. 그리고 그녀가 버틸 수 있는 한계는 거기까지였다. 앞으로 확 고꾸라지는 그녀의 몸을 몸종이 반사적으로 받았다.

"어맛!"

"크으으……."

몸종에게 안기는 순간에도 지독한 통증이 그녀의 전신을 내달렸다. 저 앞에서 마침 마당을 쓸고 있었던 정은정이 다가왔다.

"아, 아씨! 윤수 아가씨예유!"

"윤수? 윤수가 왜 이… 으음."

다가오던 정은정은 바람결에 실려 오는 피 냄새를 맡고는 바로 인상을 굳혔다. 그러곤 빗자루를 내던지고 빠르게 다가온 정은정은 그녀, 임은이의 얼굴을 살폈다. 심각하게 가녀린 그녀의 손길이 뺨에 닿았다가 떨어졌다.

"넌 가서 빨리 대문 밖을 정리하거라. 분명 핏자국이 흘러 있을 게다. 근처만 치우고 순사들 소리 나면 바로 안으로 들어오고."

"네, 네. 알겠습니다유, 아씨!"

"은진아, 나 좀 도와주렴. 윤수를 별채 지하실로 옮기자꾸나."

"네, 언니."

"아……."

두 사람의 대화가 끝나는 순간 몸이 붕 떴고, 그녀의 의식은 어둠에 완전히 물들었다.

　　　　*　　　　　　*　　　　　*

"컷! 좋습니다."

장재원 감독의 말에 지영은 감았던 눈을 떴다. 양옆에서 지
영을 부축하던 김새연과 정은진 역의 배우 정소영이 잡고 있
던 팔을 놓았다.

"어휴, 그래도 남자라고 무겁긴 무겁네."

"호호, 그러게요, 언니."

당연했다. 지영이 지금 50㎏ 정도니까, 가녀린 체구의 두 사
람이 감당하기 쉬운 무게는 아니었다. 밖으로 나갔었던 임유
나가 쪼르르 달려왔다. 요즘 충청도 말투 말고, 옛날식 충청도
말투를 아주 제대로 배워왔다. 외모보다는 노력, 연기파 배우
로 거듭나고 있는 임유나는 요즘 포스트 송지원으로 입지를
굳히고 있었다.

세 배우들에게 인사를 한 지영이 장재원 감독에게 다가갔다.

"수고했어요, 지영 씨."

"잘 나왔나요?"

"확인 중입니다, 하하."

옷깃을 여민 두 사람은 이어서 영상을 확인했다. 김새연까
지 합류해 영상을 확인했고, 이번엔 문제없이 오케인 사인을

받을 수 있었다. 장재원 감독은 웃으면서 조연출에게 고개를 끄덕였고, 곧 철수 사인이 떨어졌다.

"수고하셨습니다."

"네, 지영 씨도 고생했어요. 내일은 쉬는 날이니까… 모레 봅시다, 하하."

"네. 그럼 먼저 가겠습니다."

"들어가요."

장재원 감독에게 인사를 하고, 김새연에게도 수고했다고 인사를 한 뒤 대기실로 오는 지영. 대기실에 왔더니 송지원과 레이샤는 아직도 안 가고 수다를 떨고 있었다. 칸나도 오랜만에 만난 둘이 반가운지 눈을 반짝이며 두 사람의 대화에 열심히 끼어들고 있었다.

"아직 안 갔어요?"

"끝났어?"

"네."

"수고했어. 레이샤가 오늘은 우리 집에서 잔다고 해서. 너 끝날 때까지 기다렸지. 파티하려고."

파티?

웬 파티?

지영은 파티보다는 지금 그냥 쉬고 싶었다. 마지막 신을 찍으며 정신적인 피로감을 지금 절실히 느끼고 있었다.

"전 좀 쉴게요."

"어, 레이샤 오랜만에 왔는데 그냥 가려고? 너 내일 촬영 없잖아?"

"없긴 한데, 좀 피곤해서요."

"그럼 그냥 따라와. 내일 어차피 일요일이니까 학교도 안 갈 거 아냐."

"피곤하다니까요?"

지영은 그렇게 의사를 피력해 보지만 어디 송지원이 그걸 이해해 줄 사람이던가?

"지영, 나랑 파티하는 게 쉬운 일이 아니다?"

"그건 아는데……."

"지영을 위해 이 내가 특별 출연을 위해 한국까지 왔는데?"

"끙……."

지영은 결국 앓는 소리를 냈다.

'졌다, 졌어.'

지영이 하아, 한숨을 내쉬기 무섭게 송지원이 폰을 꺼내 어딘가로 전화를 걸었다.

"어머… 언니. 네, 저 지원이에요. 오랜만이에요, 호호. 네, 잘 지내죠. 언니랑 형부, 그리고 지연이도 잘 지내죠?"

하여간 행동력 하나만큼은 정말 짱이었다. 지영이 포기하게 무섭게 임미정에게 전화를 걸어 허락을 구하던 송지원은 결국 그녀의 허락을 받아냈고, 지영에게 폰을 건네줬다. 지영이 빤히 바라보자 송지원은 알면서도 전화 안 받고 뭐 하냐는 천연덕스러운 표정을 지었다. 그에 고개를 절레절레 젓고 나서야 지영은 전화를 받았다.

"네, 그렇게 됐어요. 네네, 네. 알겠습니다. 내일 점심쯤 갈게요. 네, 주무세요."

임미정에게 몇 가지 주의를 받은 뒤에 전화를 끊자 송지원이 레이샤, 칸나와 하이파이브를 하고 있었다.

그렇게 좋은가?

지영은 서소정을 바라봤다.

그녀도 이 상황을 이미 처음부터 다 봤다.

"연락해. 내일 지원이 집 앞으로 갈게."

"네, 부탁할게요."

서소정이 지영의 팀을 이끌고 먼저 사라졌고, 지영은 입고 있던 옷을 갈아입었다. 의상은 전부 잘 걸어놓고 가발이나 액세서리도 제 자리에 돌려놓고 가방을 챙기는 지영.

다 같이 송지원의 벤에 타고 난 뒤, 맨 뒷자리에 앉아 폰을 꺼냈다.

잠잠한 핸드폰.

사실 지영의 폰은 평소에도 조용했다.

왜? 그의 번호를 아는 사람이 거의 없었기 때문이다.

그래서 지영의 폰은 부재중 전화도, 메시지도 하나 없었다. 어쩐지 처량해진 것 같아 폰을 다시 주머니에 집어넣고 눈을 감자마자, 오늘의 마지막 신처럼 눈앞에 검게 물들었고, 잠든 지영을 태운 차는 조용히 송지원의 오피스텔로 향했다.

chapter26
열꽃처럼 피어나는

"수학여행이요?"

"네, 다녀와요. 그동안 은성 양이랑 새연 양 분량 찍고 있으면 돼요."

"음……."

"그리고 중원예중 수학여행은 이박삼일이죠? 그 정도는 촬영에 별로 문제도 안 되니까 괜찮아요."

촬영이 끝나고 잠시 보자던 장재원 감독은 지영이 난감한 표정을 지을 만한 얘기를 꺼냈다. 수학여행. 초등학교 때는 안 갔다. 초등생이랑 가봐야 어떠한 재미도 느낄 수 없었기 때문이다. 하지만 지금은 중학생. 그러나 변한 건 없었다. 지영의 기준에 아직도 몇몇 학생 빼고는 전부 애처럼 보였다.

그래서 이번에도 갈 생각은 별로 없었는데, 장재원 감독의 배려 아닌 배려로 지금 가야 할 판이 만들어지고 있었다.

"안 갈 생각이었죠?"

"그거야… 네."

"지영 씨, 학창 시절은 참 중요해요. 소중하고요. 그 안에서 지영 씨가 배우로서 얻을 게 전 분명히 있다고 봐요."

장재원 감독은 부모님이 했던 말과 똑같은 이유를 들었다. 하지만 지영은 솔직히 가고 싶은 마음이 없었다. 그러나 면전에서 바로 거절할 순 없으니 대충 둘러댈 수 있는 말을 꺼냈다.

"일단 생각은 해볼게요."

"그래요. 그런데 전 지영 씨가 긍정적으로 생각했으면 좋겠어요."

"네, 그럴게요."

장재원 감독이 그냥 이런 말을 꺼낼 사람도 아닌지라, 지영은 일단 알겠다고 대답은 했다. 사실 지금까지 수학여행이란 건 생각도 안 했다. 학교에서 쉬는 시간만 되면 올해는 어디로 갈까? 어디가 뽑힐까? 등등의 얘기로 시끌벅적했다. 그러나 지영은 당연히 안 갈 거라서 신경도 쓰지 않았다.

지금 옆자리에 앉은 유은재도 마찬가지였다.

두 사람은 평범한 대화를 나눴다. 지영은 그나마 학교에 유은재가 있어서 다행이라 생각했다. 남들과는 확실히 다른, 아주 특별한 아이. 아팠기 때문에 철이 일찍 들었을 수도 있었다.

그리고 상당히 박학다식해서 대화가 잘 통했다. 성적은 지영의 바로 아래, 2등이지만 등수는 사실 의미가 없었다. 1등인 지영이 만점이라면, 2등인 유은재는 딱 한 문제를 마킹 실수로 틀렸을 뿐이었으니 말이다.

그런 유은재와의 대화는 솔직히 말해 재밌었다.

집으로 돌아가는 밴 안에서 지영은 유은재에게 메시지를 보냈다. 수학여행 갈 거야? 하고 짧게 물었더니 1분도 지나지 않아 지잉! 답장이 왔다.

[아니, 안 가려구.]

[왜?]

[^^;;]

지영은 그 난감한 웃음 이모티콘에서 이유를 알 수 있었다. 유은재는 고아였다. 선천적 기형이었기 때문에 버려졌다고 별일 아니라는 듯이 지영에게 얘기를 해줬었다. 그래서 지금은 고아원에서 지낸다고 했다.

그런 유은재가 수학여행비를 댈 수 있을 리가 없었다.

중원예중은 수학여행비만큼은 모든 학생들에게 돈을 받았다. 여기에 예외는 없었다. 그래서 유은재가 안 간다고 한 이유를 눈치챈 지영은 답장을 적다가 쓴웃음과 함께 다시 지웠다. 지금까지 봐온 유은재는 자존심이 강한 아이는 아니지만 자신이 도움을 받는 선은 분명하게 정해놨다.

그런 유은재에게 수학여행비를 내준다는 말은, 그녀의 자존심에 꽤나 큰 상처가 될 거라는 예상은 충분히 할 수 있었다. 알겠다고 답을 보낸 지영은 폰을 내려놨다. 하지만 다음 날 학교에 도착한 지영은 유은재에게 아주 의외의 말을 들을 수 있었다.

"나 수학여행 가기로 했어."

"어? 안 간다며?"

"우리 원을 지원해 주시는 분이 계신데, 그분이 어제 밤늦게 직접 원에 찾아오셔서 수학여행비를 주고 가셨어. 꼭 수학여행비에 쓰란 엄포를 놓고서."

"그래? 으음……."

지영은 당장 어제 수학여행을 안 가려고 했던 마음이 흔들리는 걸 느꼈다. 유은재, 이 친구와 가면 말이 잘 통하니 제법 재미가 있을 것 같았다. 지영의 연락처에 저장된 최초의 일반인이기도 한 친구는 요즘 촬영으로 인한 정신적 피로를 해소해 주는 유일한 활력소가 되어 줬다.

"너는?"

"나?"

작고 예쁜 미소를 그리며 묻는 유은재의 얼굴에 정말 보기 힘든 기대감이 스며들어 있었다.

"나도 갈 생각이야."

"진짜?"

"응."

"아싸, 잘됐다. 후후."

주먹을 쥐곤 아싸, 하는 유은재의 표정은 정말 밝았다. 그런 미소에 지영은 저도 모르게 손을 들어 유은재의 머리를 쓰다듬었다. 어? 하는 표정의 유은재. 아, 하는 표정의 지영. 그리고 주변에서 작게 '오오……' 하는 합창이 들려왔다. 슬쩍 보니 반 이상의 학생이 둘을 보며 흐흐 웃고 있었다.

지영은 얼른 손을 내렸다.

"미안."

"아냐, 기분 좋았어. 종종해 줘."

"응?"

"……"

유은재는 다시 창가로 고개를 돌렸다. 볼에 홍조가 떠올라 있었다. 지영이 유은재에게 호감이 가는 가장 큰 이유 중 하나가 저 솔직함이었다. 유은재는 보통 이 나이대 여학생들처럼 자신의 감정을 숨기지 않았다. 수줍음? 이 생겨도 말은 했다. 미안함? 이 생겨도 부탁은 했다.

자신이 할 수 없는 일.

특히 화장실 한 번 갔다 오려면 쉬는 시간 10분으로는 어렵기 때문에 언제나 다른 학생들에게 부탁을 했다.

그런 솔직함.

지영은 이런 솔직함이 참 마음에 들었다.

그래서 지영도 이런 솔직함엔 솔직함으로 대해줬다.

수업종이 치고 교실로 들어온 담임이 아이들이 요즘 가장 기대하던 수학여행으로 갈 지역을 알려줬다.

중원예중은 독특한 방식으로 수학여행지를 골랐다. 열 곳의 후보지를 뽑은 다음, 돌림판에 넣고 그냥 돌려 버렸다. 그렇게 해서 나오는 곳으로 수학여행을 갔다. 그리고 한 번 뽑혔던 수학여행지는 10년 간 후보에 다시 오를 수 없었다. 그런 방식으로 올해 뽑힌 수학여행지는 아이들의 얼굴에 물음표를 열심히 띄우게 만들었다.

"충주?"

"샘! 충주에 뭐가 있어요?"

"아, 그냥 제주도 가요!"

묻는 아이들, 따지는 아이들, 다른 곳으로 가자는 아이들. 그리고 얼른 폰을 꺼내 충주를 검색하는 아이들.

"충주 가봤어?"

유은재의 질문에 지영은 작게 고개를 끄덕였다. 저번 주 촬영 때 벚꽃 영상 촬영을 위해 한 번 갔던 적이 있었다. 서울이나 서울 근교는 이미 관광객으로 가득 차서 최대한 사람이 없는 곳을 고르다가 겨우 찾은 곳이 충주 기찻길 벚꽃 골목이었다. 그리고 몇 년 전에는 조정 경기장도 가봤었다.

"응, 가보기야 했지. 근데 거기 진짜 볼 거 없는데."

"진짜? 다행이다."

"왜?"

"사람 붐비는 거 싫어서."

"아아."

유은재가 자신의 천형(天刑)에 이제는 담담하다고 해도, 주변 사람들이 보내는 시선에는 아직 자유롭지 못했다. 사람 많은 곳은 확실히 그녀에게 부담스러운 곳이었다. 담임은 이어서 일정을 전달했다.

구식을 좋아하는 담임은 칠판에 커다랗게 세 글자를 적어 내려갔다.

〈글램핑〉

그 단어에 아이들의 눈이 동그랗게 변했다.

"어? 글램핑?"

"진짜요? 어디서요?"

보통 수학여행은 그 지역의 명승지나 관광지를 돌아다닌다. 하지만 중원예중은 그런 틀을 이미 예전에 탈피했다. 이번 여행의 콘셉트는 무려 글램핑이었다. 대놓고 놀고 오겠다는 의지가 철철 넘치는 단어였다.

지영은 그 단어에서 이번 글램핑 장이 어디가 될지 눈치챘다.

"조정 경기장에서 하겠네."

"가봤어?"

"응, 초등학교 때. 거기 괜찮아. 공기도 좋고, 제법 운치도 있어."

"진짜? 기대된다."

씩 웃는 유은재를 보면서 지영도 조금은 기대심을 가졌다. 이어서 담임은 챙겨야 할 것들과 요리 재료 수급 방법에 대해서 설명을 해주곤 수업을 시작했다. 출발은 앞으로 일주일 뒤였다.

*   *   *

시간은 금방 흘렀다.

버스에서 내린 지영은 감탄을 내뱉는 아이들을 뒤로하고 짐부터 챙겼다. 2박 3일 일정이라 짐은 크게 많지 않았지만 유은재의 짐도 챙겨야 했다. 짐을 다 내리고 이미 짜놓은 조대로 모였다.

　이번 여행에서 담임은 조를 짜는 데 제한을 두지 않았다. 인원, 성비를 모두 자신들이 알아서 하라고 했고, 서로 친분에 따라 조가 만들어졌다. 지영의 반은 스물 세 명이었다. 여섯 개 조가 쉬는 시간을 통해 곧바로 만들어졌지만 지영과 유은재는 어디에도 끼지 않았다. 그리고 두 사람 다 어디에도 낄 생각이 없었기 때문에 지영과 유은재와 그녀와 같이 숙소를 쓸 여학생까지 셋이서 조를 만들었다.

　"오올⋯⋯."

　또 이런 소리가 들렸지만 둘은 깨끗이 무시했다.

　담임은 각 조의 텐트를 지정해 주고, 정해진 구역을 벗어나지 말란 말과 함께 휙 사라졌다. 그냥 이제부터 알아서 하라는 뜻이었다. 지영은 담임의 저런 화끈함이 마음에 들었다. 물론 완전히 풀어놓은 건 아니었다.

　중원그룹에서 파견한 경호원들이 곳곳에 배치됐고, 지영의 개인 경호원도 서소정과 함께 근처에 자리 잡았다.

　보라매는 지영이 가는 것이 학교에서 단체로 가는 수학여행이었음에도 아예 혼자 보내지 않았다. 지영은 이제는 벌써 전 세계가 주목하는 대형 스타였기 때문이다.

　"뭐부터 할까?"

"밥 해 먹자, 배고파."

"그래, 그럼."

지영은 텐트에 일단 짐을 던져놓고 다시 밖으로 나왔다. 유은재와 같은 텐트를 쓸 이은아가 유은재가 탄 휠체어를 잡고 기다리고 있었다. 지영은 가잔 말과 함께 앞서 걸었다.

식재료도 중원그룹에서 직접 보내줬다. 학생들이 써먹을 수 있는 음식 재료가 대형 냉장고 열 대 안에 꽉 차 있었다.

"뭐 해 먹을까?"

"점심이니까 가볍게 해 먹자. 음… 뭐 해 먹지?"

"카레 어때?"

"카레? 좋아."

카레는 좀 시간이 걸리긴 하지만 만들기 쉬운 음식이었다. 셋은 당근, 양파, 감자, 쌀, 김치, 고형 카레, 그리고 돼지고기를 담아 세척장으로 갔다. 지영은 쌀을, 유은재는 야채를 씻고 있는 와중에 이은아가 둘에게 갑작스러운 돌직구를 날렸다.

"둘이 사귀는 거야?"

지영과 유은재의 고개가 휙 소리가 날 정도로 이은아에게 돌아갔다. 그런 반응에 이은아가 아하하, 하고 어색한 웃음을 흘리더니 얼른 다 씻은 재료를 가지고 텐트로 달려갔다. 지영은 그런 이은아의 뒷모습을 보다가 유은재를 바라봤다.

저번에 봤던 홍조가 잔뜩 볼에 물들어 있었다.

"어, 얼른 가자."

그리고 드물게 유은재가 말을 흐리는 것도 들었다. 지영은 유은재의 휠체어를 밀며 잠시 생각해 봤다. 나는 유은재를 좋아하는 건가?

'호감이 있는 건 맞아.'

이건 부정할 수 없었다.

이번 생에 먼저 연락하고, 생각하는 건 유은재가 유일했다. 이타적인 지영이 아닌지라, 이는 전례가 없던 일이었다. 하지만 유은재가 몸이 불편해서 그런 건 아니었다. 그냥 대화가 통하니 편했다.

그리고 이 이유만으로도 지영은 유은재에 대한 호감 전체를 설명할 수 있었다. 하지만 이런 감정을 사랑이라 할 순 없었다. 지영은 냉정한 인격을 지니고 있었다. 그래서 웬만해서는 자신이 내린 정의가 틀리는 일이 없었다.

"지영아."

"응?"

나직이 들려온 유은재의 부름에 지영은 휠체어를 잠시 멈췄다. 멀리서 이은아가 감자를 깎는 걸 보며 잠시 기다리니 유은재가 다시 물어왔다.

"너, 나 좋아해?"

"…뭘 그런 걸 이런 상황에 물어?"

"알잖아. 밤에는 교육 있는 거."

"그거야… 그렇지."

확실히 오늘과 내일 밤에는 교육 및 행사가 있었다. 그리고 그 뒤는 바로 취침 준비니 이런 질문을 할 시간이 거의 없을 것이었다. 밤에는 경호원들이 곳곳에서 지키고 있어서 몰래 만나는 것도 힘들었다. 게다가 텐트는 그냥 노는 곳이다. 숙소는 따로 나눠져 있었다.

이 숙소는 가까울 것 같지만 도로 하나를 두고 아주 확실하게 갈라져 있었다.

"그동안 궁금했어. 첫날부터 너는 왜 나를 도와줬을까? 이런 생각도 진짜 많이 했어."

"그래서? 너라면 답을 찾았을 것 같은데."

"아니, 모르겠어. 은채는 같은 여자잖아. 그런데 넌 남자잖아? 난 남자한테 이런 대우를 처음 받아봐."

도리도리 고개를 젓는 유은재의 행동에 지영은 그냥 웃고 말았다. 유은재의 이런 솔직함이 너무 편하다. 그래서 호감이 계속해서 갔다.

'인정할 건 인정하자. 지금 당장은 사랑이 아니지만 이 호감이 계속 커지게 된다면……'

그 감정은 사랑이 될 것이라는 것을.

지영은 빤히 유은재를 바라봤다. 어쩌면 이 작고 아픈 아이가 이번 삶의 첫사랑이 될 것 같다는 예감이 들었다.

　"고마워. 그날 지영이 널 못 알아봤지만 애들이 그러더라. 너 되게 대단한 배우라고. 미안해. 우리 원에 티비가 없었거든."

　없었다는 소리를 보니, 지금은 있나 보다. 지영은 대답 대신 잠자코 얘기를 들었다.

　"그런 대단한 아이가 아무런 사심도 품지 않은 눈으로 나를 바라보고, 나를 도와주고, 나와 대화를 하고, 나를 알아주려 하고, 나를 보며 웃어주고 있어. 나는 이걸 의미 있는 행동이라고 봤어. 너의 감정이 담긴, 의미 있는 행동. 내가 생각하는 게 맞아?"

　중학교 1학년, 이제 열네 살의 소녀는 이야기를 굉장히 어렵게 하는 버릇이 있었다. 그러나 말에 쓰는 단어들이 굉장히 직설적인 뜻을 지닌지라 의미 전달만큼은 아주 확실했다. 지영은 잠시 생각하다가, 고개를 끄덕였다.

　"맞아."

　"다행이다. 틀리지 않아서."

　유은재는 이번엔 근 두 달이 되어가는 동안 한 번도 본 적이 없는 아주 화사한 미소를 그렸다.

　　　　*　　　　　*　　　　　*

　이은아가 만든 카레는 맛있었다. 간도 아주 잘 맞췄고, 밥
도 고슬고슬하게 지었다. 지영은 식단 때문에 잠시 고민했지
만 어차피 놀러 온 마당이니 오늘이랑 내일만큼은 풀어주기
로 했다.

　"카레 맛있다……. 은아, 너 음식 진짜 잘한다."

　"헤헤, 고마워."

　이은아는 의외로 좀 칠푼이 같은 캐릭터였다. 밥을 다 먹고
그녀는 주절주절 자신의 얘기를 했는데 부모님이 바빠서 초등
학교 3학년 때부터 동생들 밥을 직접 차렸다고 했다. 그러니
벌써 요리 경력 4년 차고, 손이 많이 가는 음식들을 빼면 다
할 줄 안다고 헤헤 웃으면서 말했다.

　"지영아, 넌? 어땠어?"

　"맛있게 먹었어."

　"그런 것치곤 많이 안 먹던데?"

　유은재의 말에 이은아가 기대감 가득한 눈빛으로 지영을
바라봤다.

　"식단 때문에 그래. 오늘 내일은 먹기로 하긴 했는데, 그래
도 많이는 못 먹어."

　"아, 맞다……. 힘들겠다."

"그래도 맛있게 잘 먹었어."

"진짜?"

이은아가 되물어서 지영은 고개를 끄덕여 줬다. 오랜만에 간이 된 음식을 먹어서 더 맛있었던 것도 있지만 그런 게 아니라도 이은아의 요리 실력은 상당히 수준급이었다. 조금만 더 맛이 깊어지면 식당에서 팔아도 충분하겠다는 생각이 들었을 정도였다.

지영은 주변을 한번 둘러봤다.

다른 아이들은 여기저기 흩어져서 노느라 정신이 없었다. 여학생들은 보통 사진을 찍으면서 놀았고, 남학생들은 족구나 농구, 축구 등 스포츠 경기를 하면서 놀고 있었다. 물론 예외인 아이들도 있었다.

미술 쪽 재능이 있는 친구들은 각자 구도를 잡고 그림을 그리고 있었고, 사진 쪽에 재능이 있는 친구들은 풍경을 카메라에 담고 있었다. 여기까지 와서 뭐 하는 짓이냐고 할지도 모르겠지만 그 아이들에게 이런 장소에서 그리는 그림은 충분히 의미가 있는 일이었다. 지영의 팀처럼 움직이지 않고 대화만 나누는 조는 없었다.

그러나 지영은 지금 충분히 만족하고 있었다.

돌아다니는 것보다 조용히 쉬는 게 사실 더 지영의 스타일이었기 때문이다. 은아가 직접 만들었다는 차를 한 모금 마셔

보는 지영. 과일차인데 달짝지근하고, 신맛이 약간 돌았다. 이것도 맛있어 고개를 끄덕이는 지영. 유은재도 맛있다며 작게 탄성을 흘리곤 계속 홀짝거렸다. 순식간에 잔을 비운 유은재가 잠시 멈칫하더니, 이은아를 보며 조심스럽게 말했다.

"그런데 은아야, 괜찮겠어?"

"나? 뭐가?"

"나랑 놀면……. 어쩌면 은채가 해코지할 지도 몰라."

"은채가 괴롭힐 거라고? 괜찮지 않을까? 요즘 은채도 너 아예 신경 안 쓰는 것 같고, 헤헤. 그리고 난 저렇게 움직이는 것보다 쉴 땐 아무것도 안 하는 게 좋아. 그래서 이 조가 나한테는 딱이야."

"그래, 고마워. 그래도 만약 은채가 괴롭히면 꼭 나한테 말해줘야 한다?"

"웅! 그럼 나 설거지 하고 올게!"

이은아가 그릇을 들고 일어나자 지영도 같이 자리에서 일어났다.

"쥐, 설거지는 내가 할게. 맛있는 카레도 해줬으니 이 정도는 내가 해야지."

"아… 그래줄래?"

이은아는 유은재를 대하는 것보다는 조금 어려워하는 기색이었지만 그래도 밝게 웃으면서 그릇을 지영에게 건네줬다. 그

룻을 건네받은 지영은 바로 개수대로 갔다. 다시 자리에 앉은 이은아의 웃음소리가 등 뒤에서 들려왔다.

개수대에서 한참 설거지를 하고 있는데 옆으로 그림자가 드리워졌다. 이미 누가 오고 있는지 슬쩍 곁눈질로 확인한 터라 지영은 담담하게 말을 꺼냈다.

"왜? 볼일 있어?"

"……."

병풍들은 어딘가에 떨어뜨려 놓고 혼자 온 김은채였다. 그녀는 찌릿찌릿, 쪽 찢어진 눈빛으로 지영을 노려보고 있었다. 그 눈빛이 거슬린 지영은 설거지를 잠시 멈추고 허리를 폈다. 170이 넘는 지영의 시선을 받은 김은채는 잠시 움찔했지만 이내 다시 가슴을 폈다.

"너 은재랑 친하게 지내지 마."

"…뭐야, 이 개소린?"

"말했어. 은재랑 친하게 지내지 말라고."

"하……."

지영은 허탈한 웃음을 흘렸다.

버릇처럼 머리를 긁으려다가 손에 묻은 거품 때문에 잠시 멈칫한 지영은 김은채를 조용히 노려봤다.

"내가 누구랑 친하게 지내든 말든, 니가 뭔 상관이냐?"

"상관있어."

"그러니까 그 이유를 대봐."

"……."

그러나 여기서 김은채는 다시 입술을 꾹 깨물고 입을 다물었다. 지영은 그런 김은채의 반응에 짜증이 또 확 몰려왔다. 아까 맛있는 카레와 새콤달콤한 과일차로 좋아졌던 기분이 순식간에 가라앉았다.

"기껏 찾아와서 개소리할 거면 그냥 꺼져."

"뭐? 너 지금 뭐라고 그랬어!"

"꺼지라고. 짜증 나니까."

김은채도 딱 보면 뭔가 사연이 있는 캐릭터였다.

그 나이에 어울리지 않는, 그것도 대기업의 오너 직계가 가지기에는 너무나 힘든 독기 가득한 눈빛을 보면 절대로 정상이라고 생각할 수 없었다. 하지만 그런 알지도 못하는 사연 때문에 김은채를 이해해 주고 싶은 생각도 없었다.

지금도 봐라.

뜬금없이 찾아와서 명령이다.

다른 아이들 같았으면 별다른 말없이 바로 고개를 끄덕였겠지만 안타깝게도 지영은 절대로 그럴 생각이 없었다. 대성그룹? 오너 직계? 그 단어에 담긴 무게로는 지영을 짓누르기 힘들었다.

지영이 짊어진 무게가 그보다 못해도 몇백 배 더 무겁기 때문이었다.

그리고 천 번째 삶을 살고 있는 인간 강지영이, 고작 열네 살 먹은 여학생의 말에 흔들릴 일도 없었다.

"너 그러다 후회한다. 너 하나쯤은……."

"그만, 거기까지."

"……."

지기 싫어 나온 개소리에 지영은 허리를 살짝 숙여 김은채와 눈을 맞췄다. 갑작스러운 지영의 행동에 김은채는 말을 끝까지 뱉지 못했다.

"그룹 힘으로 어떻게든 해보시게? 세상 물정 모르는 헛짓거리는 그만해. 한국? 여기서 영화 안 찍으면 그만이야. 하루에도 해외에서 내 사무실로 날아오는 시나리오가 몇 개인 줄 알아?"

"……."

"씨에프? 알잖아, 나 그런 건 안 찍는 거. 드라마? 영화? 해봐, 한번. 내가 이기나 니가 이기나 실험해 보고 싶으면 해보라고."

"……."

분한 건지, 아니면 지영의 싸늘한 말에 놀란 건지 김은채는 그냥 입술만 깨물고 있었다. 지영은 안다. 이런 성격의 인간은 대충 상대하면 안 된다는 걸. 기 싸움? 만약 하게 된다면, 진짜 확실하게 꺾어놓는 게 정답이었다.

"요즘 너 같은 것들을 뭐라고 하는지 아냐?"

"……"

"극혐이라고 불러, 극혐. 벌레라고도 하던가? 쓰레기라고도 하던 것 같고. 희대의 쌍년이라고도 해."

"으으……"

이번엔 효과가 있었는지 김은채의 눈빛에 명확한 분노의 빛이 감돌기 시작했다. 천하의 대성그룹 회장 손녀께서 이런 쌍욕을 들어봤을까? 그것도 본인에게 직접 날아온 쌍욕을? 지영은 없을 거라 생각했다. 그래서 지영답지 않게 쌍욕을 했고, 효과는 아주 단번에 나타났다.

"그룹 힘 믿고 설치고 싶으면 다른 곳에서 해. 내 눈 앞에서 말고. 나는 그런 거 안 봐준다."

"너, 너……"

"그리고 나랑 대화를 하고 싶으면, 그 입부터 씻고 와. 니 썩은 생각을 내뱉은 입이라 그런지 냄새가 좀 심하네."

"……"

쉬익.

김은채의 손이 허공을 갈랐지만 쫙! 뺨치는 소리는 나오지 않았다. 지영이 손을 잡은 것도 아니고, 휘둘러 쳐내 버렸기 때문이었다.

"악!"

"그 손도 조심하고."

"아가씨!"

저 멀리서 김은채를 지키던 대성그룹 보안실 요원들이 달려왔다. 동시에 지영을 지켜보던 보라매 소속 경호원들도 달려왔다. 나이는 어리지만 둘은 워낙에 거물들인지라 주변에 상시 경호원들이 대기 중이었다.

'하아, 짜증 나네. 진짜……'

먼저 도착한 보라매 소속 경호원이 지영의 앞을 막아섰고, 다른 경호원은 지영을 뒤로 끌어 당겼다. 안전거리 확보였다. 뒤이어 도착한 대성그룹 보안실 요원들도 김은채를 뒤로 물렸다. 지영은 이렇게 될 걸 알고서도 쳤다. 그래서 지금 후회 중이었다. 갑작스러운 상황에 여기저기 흩어져 있던 아이들과 일반인들의 시선이 확 몰렸다.

"지영 씨, 일단 가는 게 좋겠습니다."

"네."

입학 첫날 서소정이 불렀던 경호원, 이승겸의 말에 지영은 짧게 대답하곤 등을 돌렸다. 짜증이 몰려온 상태로 신형을 돌리니 하필이면 유은재와 휠체어를 잡고 있는 이은아가 보였다. 지영은 굳혔던 표정을 얼른 풀었다.

"……"

"……."

유은재의 미안함이 가득한 시선에 지영은 잠시 멈칫했지만 그녀에게 천천히 걸어가 입을 열었다.

"괜찮아. 별일 없었어."

"…응."

유은재는 애써 웃었다.

지영은 유은재가 대화를 듣진 못했어도 지금 자신이 한 말을 믿지 않는다는 건 알 수 있었다. 거짓말이라 미안하기도 했지만 지켜보는 눈이 많아 바로 얘기해 줄 수는 없었다. 은아 대신 휠체어를 잡아 다시 텐트로 돌아온 지영은 자신을 빤히 바라보고 있는 유은재의 시선에 하아, 짧게 한숨을 내쉬었다.

이은아는 눈치 좋게 폰을 챙겨 종종걸음으로 자리를 비켜 줬다.

"……."

"……."

유은재는 가만히 지영의 눈을 바라봤다.

얼른 얘기하라는 무언의 압박에 지영은 쓴웃음과 함께 입을 열었다.

"너랑 친하게 놀지 말라더라."

"은채가……?"

"응."

"그래서 뭐라고 대답했어?"

"……."

지영은 대답 대신 눈을 가늘게 좁히고 유은재의 눈동자를 바라봤다. 감정 표현이 그리 풍부하지 않은 유은재답지 않게, 이번엔 정말 딱 '불안'이라는 감정이 엿보였다. 지영은 알 수 있었다. 유은재가 자신을 어떻게 생각하는지 말이다.

그리고 그런 유은재의 반응에 지영은 기분이 좋아짐을 느꼈다.

'인정하자, 이제.'

유은재도, 그리고 강지영도 서로에게 끌리고 있었다. 이제 이건 의심할 부분이 아니었다.

"꺼지라고 대답해 줬어."

"진… 짜?"

"응, 진짜."

"풉."

유은재는 손으로 입가를 가리고 작게 웃었다. 그리고 나중엔 아하하! 크게 웃음을 터뜨렸다. 기분 좋게 웃는 유은재의 모습에 지영도 피식 웃음을 흘렸다. 저런 감정 표현 하나에 이상하게 자신의 기분이 좋아지는 것을 느끼던 지영은 이런 감정도 참 오랜만이라 생각했다.

전생, 전전생, 그 이전 생에서도 지영은 사랑이란 감정을 품지 않았다.

정확하게 얘기하면 사랑이란 감정을 고의적으로 피해 왔었다.

'조선 중기? 중, 후기였나?'

그때가 마지막이었다.

솔직히 그때의 사랑도 끝이 너무나 아팠기에 그 이후로는 의도적으로 피했었다. 지영의 삶에서 사랑이란 아픔이란 단어와 거의 동의어였다. 그럼에도 유은재에게 이렇게 끌리는 건 그 위험하고 위대한 단어의 힘 때문일지도 모른다.

의도적으로 사랑이란 감정이 생기는 건 막을 수 있다.

그 대상을 보지 않고, 말을 나누지 않고, 생각하는 것조차 피하면 알아서 피어나던 감정은 시름시름 앓다가 병들어 죽는다.

그러니 이번에 지영은 그러지 않았다.

먼저 연락할 때도 있었고, 먼저 말을 걸 때도 많았다. 특별하다면 특별한 소녀 유은재. 그리고 자신은 더 특별한 존재인 강지영.

'특별함끼리는 어쩔 수 없이 끌리는 건가?'

동류?

아니, 지영은 고개를 저었다.

동류란 단어를 쓰려면 적어도 환생자 정도는 되어줘야 그 단어를 쓸 수 있을 것이다. 지영은 생각을 정리했다. 웃음을 정리한 유은재가 빤히 바라보고 있었기 때문이었다.

"경호원들은 왜 달려온 거야?"

"뺨을 치려고 해서."

"어, 맞았어?"

"아니, 쳐냈어."

"아… 다행이다."

다행이란 말과 함께 안도의 한숨을 내쉬는 유은재. 지영은 그런 유은재를 가만히 바라봤다. 같이 있는 공간에 훈풍이 몰아치는 것 같지? 실제로는 아직 쌀쌀한 바람이 불고 있는데? 지영은 이런 효과를 많이 받아봐서 이유를 알았지만 굳이 내색하지 않았다.

"그나저나 여행 첫날부터 이래서 좀 짜증 나겠다."

"뭐, 내가 이런 일에는 워낙에 이골이 났거든. 괜찮아."

"그래도. 수학여행 힘들 게 뺀 거 아냐? 촬영 중이잖아."

"괜찮다니까. 감독님이 먼저 갔다 오라고 권해주셔서 마음 편하게 왔어."

"아, 그렇구나. 다행이다, 그럼."

지잉.

서소정의 괜찮냐는 메시지에도 답을 해주곤 폰을 내려놓고 다시 고개를 들다가, 지영은 하아, 또 한숨을 내쉬었다. 씩씩거리면서 다가오는 김은채. 그녀를 지키는 보안실 요원들도 한숨과 함께 멀찍이 떨어져 다가오고 있었다. 좋아지던 기분이 다시 수직으로 뚝 떨어졌다. 등장만으로 사람의 기분을 잡치게 만드는 게 김은채의 특별한 능력이 아닐까 생각한 지영은 유은재를 향해 턱짓으로 김은채를 가리켰다. 그러자 고개를 돌려 그녀를 봤다가, 얼굴을 굳히는 유은재. 지영은 일어나서 저지할까 하다가 괜히 판을 키울 것 같아 일단은 그냥 지켜보기로 했다.

순식간에 다가와 유은재 앞에 서는 김은채. 그녀는 지영을 잠깐 노려보더니 뒷짐을 지고, 상체를 천천히 숙여 입을 유은재의 귀에 가져다 댔다.

휘이잉……!

갑작스럽게 몰아친 돌풍.

그리고 그 순간 달싹이는 김은채의 입술.

바람 때문일까?

아니면 지영의 유난히 밝은 청각 때문일까?

지영은 두 단어를 확실하게 들었고, 속으로 곱씹었다.

'천한……'

그리고 사생아.

이 두 단어에 지영의 얼굴이 얼음장에 담갔다가 뺀 것처럼 차갑게 식어갔다.

표정만큼이나, 머리도 차갑게 식어갔다.

천한, 사생아.

이 두 단어를 연결하기란 매우 쉬웠다. 특히 지영처럼 추론을 즐기는 부류라면 이미 김은채가 유은재에게 뭐라고 말한 건지 파악하고도 남았다. 차갑게 식은 머리는 지영에게 손가락을 까닥거리게 만들었다.

극도의 흥분 상태는 아니었다.

다만 진짜 드물게 지영은 빡이 돌아가고 있는 상태였다. 그러나 냉정한 이성이 사태를 더 주시하게 만들고 있었다. 게다가 유은재의 표정도 굳긴 했지만 아직은 담담하다는 말이 어울릴 수준이었다.

모욕을 당한 대상인 유은재가 아직 아무런 반응도 보이지 않고 있는데 자신이 먼저 나서는 것도 웃긴 일이었다. 그럼 김은채는?

'음⋯⋯.'

김은채의 표정은 모호했다.

상대를 모욕할 경우에 나오는 표정은 보통 정해져 있었다. 희열, 조소 등의 감정이 깃든 얼굴이다. 그런데 김은채는 둘다 아니었다.

'왜 울 것 같은 표정이냐⋯⋯.'

이걸 도대체 어떻게 해석해야 하는 걸까?

왜 상대를 모욕하고, 본인이 울기 직전의 표정이 되어야 하는 걸까?

지영은 지금 이 상황이 정상적이지 않다는 걸 깨달았다.

'그러고 보니…….'

유은재의 반응도 정상은 아니었다. 굳었던 얼굴은 어느새 펴져 있었고, 침착, 담담보다는 그냥 무감정 상태에 들어선 것 같았다. 방긋. 지영을 보며 미소를 지어주는 유은재를 보며 지영은 좀 전 자신의 생각이 틀렸다는 걸 알았다.

분노였다.

좀처럼 보기 힘든 유은재는 지금 꽤나 화가 난 상태였다.

그녀는 손을 쭉 뻗어 좀 전까진 이은아가 앉아 있던 자리를 가리켰다.

"여기 앉을래?"

"뭐?"

유은재의 말과 손짓에 김은채는 반문했지만 유은재는 이번엔 두 번 말하지 않았다. 지영과 유은재의 사이에서 김은채는 잠시 망설였지만 이내 털썩 앉아 다리를 척 꼬았다.

"후우."

김은채가 앉자 유은재는 숨을 깊게 마셨다가, 내뱉었다. 그렇게 심호흡을 끝낸 유은재는 지영을 다시 보고 예쁘게 웃었다.

하지만 지영은 유은재의 얼굴에 깃든 아픔을 읽을 수 있었다.

'버티는 거구나. 유은재, 넌 진짜……'

그래. 유은재가 아무리 성숙해도 이제 중학교 1학년이다. 나이로 치면 고작 열네 살이고. 그런 아이가 천하다느니, 사생아라느니, 이런 말을 듣고 아무렇지 않을 순 없었다. 지영이었다면 그런 말을 들었어도 아무렇지 않게 무시할 수 있겠지만 유은재는 지영이 아니었다.

그래서 대견하고, 기특했다.

그러나 대체 어떤 삶을 살았기에 이 나이에 자신을 철저하게 통제하는 법을 배웠는지 궁금했다. 유은재는 본인의 얘기를 그리 잘하는 편이 아니었다. 할 말은 하지만 대답으로 끝이었다.

'이제부터 천천히 알아가면 되니까.'

급할 건 없었다.

지금 급한 건…….

'김은채, 이년이지.'

아직 대화를 시작하지 않아 도도하게 다리를 꼬고 앉아 있는 김은채. 대단하다면 진짜 대단하다고 할 수 있었다. 몇 번 대화를 나누지도 않았는데 벌써 지영이 자연스럽게 욕을 하게 만들 정도였으니까.

공기는 무거웠다.

아깐 돌풍이 한차례 불더니만 지금은 아주 햇빛만 작열하고 있었다. 그래도 아무도 움직이지 않았다. 유은재가 김은채를 향해 돌아앉은 건 수 분이나 지나고 나서였다. 그리고 이번에도 유은재는 지영을 향해 웃어준 뒤 움직였다. 후우. 다시 심호흡. 그러곤 김은채를 똑똑히 바라보며 입을 열었다.

"나, 알고 있었어."

"뭐?"

"내가 사생아인 거, 알고 있었다구."

"알고… 있었다고? 어떻게?"

"엄마란 인간이 찾아왔었으니까."

"……."

으득.

"그년이……."

아주 작게 중얼거렸지만 유은재나 지영이나 그 욕을 다 들었다. 김은채의 행동은 아무리 봐도 이상했다. 지영은 의문이 계속 들고 있었지만 그래도 묻지 않았다. 지영은 느끼고 있었다. 이 대화에 자신은 방청객이지, 참가인이 아니라는 것을.

"언제, 언제 찾아왔는데?"

"나 오 학년 때."

"……."

유은재는 오 학년, 오 학년. 몇 번이나 중얼거리더니 기억을 정리하는 것 같았다. 다시 눈을 뜬 김은채가 지영을 힐끔 보더니, 다시 유은재를 향해 물었다.

"와서 뭐라고 했어?"

"그것까진 말하고 싶지 않아."

"뭐?"

"말하고 싶지 않다고 했어."

"유은재……."

"왜."

대답하기 싫다는 유은재를 험악한 눈빛으로 노려보는 김은채. 유은재도 지지 않고 특유의 반쯤 감긴 눈빛으로 김은채를 바라봤다. 김은채는 한동안 유은재를 보다가 지영에게 삿대질하며 다시 입을 열었다.

"쟤, 쟤 좀 다른 데로 보내. 이건 우리 얘기잖아!"

"싫어. 나와 관계있는 사람이라서. 그리고 왜 이게 우리 얘기야? 내 얘기지."

"무슨 관계가 있는데? 너 설마 쟤 좋아하냐?"

"응."

유은재는 김은채의 말에 숨도 쉬지 않고 대답했고, 김은채는 병 졌다는 표정이 됐다. 놀라서 잠시 벌렸던 입을 급히 다물고 흥분한 목소리로 외쳤다.

"너 미쳤어? 저딴 게 뭐가 좋아서!"

"말조심해."

"하, 야, 저 새끼 저거 뭐 하는 새끼인지 몰라?"

"알아. 영화배우인거."

"근데? 야, 유은재 정신 차려, 쟤 너 가지고 노는 거야, 지금!"

"…은채야."

유은재의 표정이 처음으로 차갑게 굳었다. 지영은 김은채의 헛소리에 일단 반응하지 않았다. 기분이야 진짜 뭐 같긴 한데, 이 대화에 끼어드는 건 아직이란 판단 때문이었다. 방청객으로서의 지위는 아직 풀리지 않았다.

"하, 미치겠네, 진짜."

"김은채, 왜 찾아온 거야. 나를 놀리려고 온 거야? 모욕을 주러 온 거야? 그럼 나한테만 해. 애꿎은 사람 건드리지 말고."

"넌… 진짜."

"그리고 전에도 물었는데, 대체 나한테 왜 이래? 내가 잘못한 건 아무것도 없잖아? 왜 못되게 굴어?"

김은채는 유은재의 질문에 대답하지 않았다. 저번에도 그러더니 이번에도 다르지 않았다. 둘 다 서로가 아는 중요한 내용은 숨겨놓은 채 대화를 하고 있었다. 그러니 본질적인 문제가 해결될 리가 없었다.

그리고 꼭꼭 숨기고 있는 걸 보니 그 중요한 내용, 혹은 정보는 관계를 비틀다 못해 찢어지게 만드는 힘이 차고 넘치는 모양이었다. 이번에도 대화가 결국 이렇게 흘러가니, 지영은 그냥 자리를 끝내는 게 낫다는 생각이 들었다.

"야, 김은채. 할 말 없으면 그냥 가. 괜히 시간 뺏지 말고."

"넌 빠져."

"내가 있는 공간이야. 빠지고 싶어도 빠질 수가 없네? 내가 자리를 비켜주면 넌 또 은재한테 손찌검할지도 모르잖아. 못 배워먹은 널 두고 혼자 갈 순 없겠는데?"

"흥!"

김은채는 지영을 무시했다.

그리고 유은재를 다시 바라봤다. 차갑게 식었던 유은재의 표정은 여전히 그대로였다. 지영은 유은재 때문에 참고 있었지만 슬슬 엉덩이 무거운 김은채에게 짜증을 다시 느끼고 있었다.

"김은채."

"……"

"대화할 생각이 없거나. 아니면 니가 가진 중요한 것을 오픈하기 싫은 대화거리라면, 아예 시작도 하지 마라. 이게 뭐냐? 계속 겉돌기만 하고. 나중에 마음의 준비가 끝나면 다시 와라. 남의 소중한 시간 잡아먹지 말고."

"……"

어쩐 일이지?

지영을 노려보던 김은채는 천천히 자리에서 일어났다. 그러곤 지영과 유은재를 번갈아가며 노려보다가, 이내 흥! 하고 콧방귀를 뀌고 자리를 떴다. 김은채가 사라지고 나서야 유은재는 후우, 한숨을 내쉬었다.

입술을 꾹 깨물고 지영을 올려다보는 유은재의 모습은 마치 비 맞은 고양이 같았다. 실제로 얼굴도 고양이 상이기도 했다.

"실망… 했어?"

"뭘?"

"내가… 사생아인 거."

피식.

지영은 유은재의 그 물음에 웃고 말았다.

사생아?

지금 당장 찍고 있는 '피지 못한 꽃송이여'의 임은이 때만 해도, 지영은 무호적자였다. 아예 태어나자마자 버려졌고, 호적에 오르지 못했다. 그때 한 번뿐일까?

춘추전국시대.

다른 말로는 전란의 시대.

그 시절 죽은 어미의 배 속에서 태어난 적도 있었다. 농담이 아니라 사후 처리 중인 병사가 발견하지 못했으면 그때 지영은 아마 태어나자 죽었을 것이다. 그런 삶이 한두 번이 아니었던지라 남들이라면 거북해야 사생아란 단어에 어떠한 감정도 느끼지 못했다.

'오히려 친숙하면 친숙했지.'

그런 생각을 한 지영은 간절함이 담긴 유은재의 눈을 마주보며 입을 열었다.

"내가 그래 보여?"

"아니……."

"근데 왜 물어?"

"그냥… 불안해서."

피식.

손가락을 꼼지락거리는 유은재의 모습에 지영은 또 웃고 말았다. 머리를 쓰다듬어 주고 싶은 욕구가 훅 올라왔지만 참기로 했다. 이미 주변에 기웃거리고 있는 사람들이 있었기 때문이다. 지영인 걸 알아보고 폰을 들이밀고 있는 사람들도 있었다. 주변에 경호원들이 있었지만 따로 제지하지는 않았다.

"나는 있지. 생명이란 모두 존엄하다고 생각해."

"…나도 동의해."

"그래서 나는 내가 절대 천한 것이라고 생각하지 않아. 내친모는 내가 기형아라 어릴 때 나를 버렸지만 그 두 가지가 나라는 인간이 가진 존엄을 훼손시키지 못한다고 생각하거든."

"······."

지영은 말없이 고개를 끄덕였다.

아마도 자신을 지키기 위한 방어 체계의 발동으로 인해 형성된 사상일 것이다. 저렇게 생각하지 않으면 버티기 힘들었을 테니 말이다. 유은재는 강한 아이였다. 그래서 스스로를 지키는 자아가 굉장히 셌다. 지영은 그 부분은 정말 대단하단 생각이 들었다.

"너도 그렇게 생각하지?"

확인하듯 물어오기에 지영은 조용히 고개를 끄덕여 줬다. 그러자 유은재의 얼굴에 보이던 미약한 불안은 사라졌고, 처음부터 다시 화사한 기운이 차오르기 시작했다. 감정 표현에 참 솔직해진 유은재였다.

"나 산책하고 싶어."

"그래."

지영은 자리에서 일어나서 휠체어를 밀었다. 조정 경기장은 주변 조경이 굉장히 잘되어 있었다. 하지만 지영은 조경 쪽 말고, 강가 쪽 펜스로 휠체어를 몰았다. 유유히 흐르는 강물을 보여주고 싶었기 때문이었다.

"우와······."

"괜찮지?"

"응, 한강이랑은 뭔가 느낌이 좀 달라."

"어떻게 다른데?"

"한강은 급해 보여. 그런데 여긴… 느긋한 느낌이랄까?"

"너다운 표현이다."

확실히 한강은 그런 느낌이 좀 있었다. 전 세계적으로 인구 밀집도가 탑 수준에 들어가는 서울을 관통하며 흐르는 강이라 지영도 그런 느낌을 종종 받았다. 하지만 이곳은 한가했다. 사진을 찍으며 여가를 즐기는 사람들이 대부분이었다. 게다가 아직 봄이고, 평일이라 그런지 관광객이 그리 많지도 않았다.

여유가 주는 행복을 유은재는 이 나이에 느끼고 있었다.

"저기… 사진 좀."

일반인 몇 명이 찾아와 지영에게 부탁을 했고, 지영은 고개를 끄덕이곤 같이 사진을 몇 장 찍어줬다. 차례대로 사진을 찍고 사인까지 받은 사람들이 돌아가자 유은재가 웃으면서 물었다.

"그렇게 막 사진 찍어줘도 돼?"

"뭐 어때. 찍는다고 닳는 것도 아닌데."

"피, 나랑 찍은 사진은 없는데."

"지금 찍을까?"

"응, 너 폰으로 찍자. 내 폰은 좀 구려서, 에헤헤."

지영은 유은재의 손에 꼭 쥐인 휴대폰을 바라봤다. 구형 폴

더폰인데, 이것도 버려져 있던 걸 원장 수녀님이 가져와 겨우 쓰는 거라고 했다. 다리도 불편한 유은재니 당연히 연락할 수단이 필요한데, 정부 보조금으로는 유은재에게 새 폰을 해주기란 매우 어려웠다.

'돌아가면 좀 알아봐야겠어.'

안 그래도 재단 설립을 구상하고 있는 중이었는데, 유은재 때문에 좀 더 빨리 알아봐야겠다는 생각이 들었다.

유은재가 지영의 손을 살짝 밀어내고 자신이 휠체어를 밀어 펜스 근처로 움직여 바퀴를 고정시켰다. 밝은 미소로 웃는 유은재의 모습에서 지영은 빛이 난다고 생각이 들었다.

"어플, 꼭 그 어플로 찍어줘!"

"왜?"

"나 아무것도 안 발랐단 말이야! 얼굴 이상해!"

피식.

유은재의 바람대로 지영은 송지원이 멋대로 받아놓은 어플로 유은재를 찍어줬다. 브이. 화사한 꽃 같은 미소. 그 꽃은 열꽃(熱花)처럼 뜨거운 열기를 풍겼다.

"같이 찍자!"

"그래."

유은재에게 다가가 허리를 숙이고 카메라를 들어 올리는 지영. 찰칵, 찰칵, 찰칵! 연달아 사진을 찍어 유은재에게 전송을 해줬다. 폰 기능이 따라오지 못해 사진 화질은 구렸지만 유은재는 그래도 좋다고 너무나 밝게 웃었다.

그런 유은재를 보면서, 지영은 속으로 조용히 중얼거렸다.

'역시… 난 너를 좋아하는 게 맞나 보다, 은재야.'

천 번째 삶, 나이 열네 살.

강지영에게 또다시 첫사랑이 찾아왔다.

"은재야."

"응?"

사진을 보다 말고 지영을 올려다보는 유은재. 지영은 그런 유은재에게 조용히 가슴과 머리가 동시에 시키는 말을 꺼냈다.

"우리 사귈까?"

"어… 응!"

대답과 동시에 짓는 꽃처럼 화사한 미소에 지영도 생에 처음으로 가장 깨끗하고 밝은 미소를 지었다.

chapter27
서로 다른 공간에서

수학여행을 끝내고 다시 일상으로 돌아온 지영이 가장 먼저 한 일은 이틀간 섭취한 염분을 빼내는 일이었다. 안 먹다가 먹어 그런지 여행 이틀날 바로 얼굴이 부었다. 유은재에게 고백한 날 저녁에 한 바비큐 파티에서 고기까지 마음껏 먹어 지영은 아주 오랜만에 심한 갈증을 느껴야 했다.

　하지만 그럼에도 지영은 마지막 날까지 신경 쓰지 않고 먹었고, 돌아온 당일부터 아주 하드한 수분 빼기 작업에 들어갔다. 이틀 만에 다시 원래의 체중으로 돌려놓은 지영은 촬영장으로 갔다.

대기실에 도착하자 고은성과 김새연이 먼저 도착해 벌써 의상으로 갈아입고 대사 연습을 하고 있었다. 두 사람에게 양해를 구한 지영은 바로 옷을 갈아입고, 메이크업도 받고 나왔다.

"왔어?"

"네, 일찍 오셨네요?"

"오늘 중요한 신이니까. 와서 먼저 입 좀 풀어둬야지. 맞다, 수학여행은 잘 갔다 왔어?"

"그냥 푹 쉬다 왔어요."

"그래, 근데 얼굴은 조금 부은 것 같은데?"

김새연은 지영의 얼굴에서 붓기가 전부 안 빠진 걸 귀신같이 알아차렸다. 지영은 '그냥 좀 먹었어요'라고 대답한 뒤에 부르르 입을 풀었다. 오늘은 사실 같은 장면에 등장하는 신은 없었다. 하지만 지영은 옆에서 상대의 대사를 대신 해줬다.

30분쯤 돌아가면서 대사를 주고받는데 직접 촬영 세트장을 살펴보고 온 장재원 감독이 지영을 발견하곤 반가운 얼굴로 다가왔다.

"잘 갔다 왔어요?"

"네, 덕분에요."

"표정 보니까 많이 밝아졌네요."

장재원 감독이 웃으면서 지영의 어깨를 두드렸다. 그러나 지영은 고개를 잠시 갸웃하곤 되물었다.

"그 전에는 어두웠나요?"

"음… 몰랐어요?"

"……."

몰랐었다.

지영은 반사적으로 고은성과 김새연을 바라봤다. 둘은 매일 촬영장에서 마주치니 잘 알 것 같아서였다.

"신만 끝나고 나면 무서워 죽는 줄."

김새연의 답이었고.

"뭐랄까… 독기가 서려 있다고 할까? 그, 그랬어……."

고은성의 답이었다.

지영은 두 사람의 대답에 쓴웃음을 지었다. 이유는 충분히 알 것 같았다. 아마 임은이를 연기하다 보니 자연스럽게 그 시절 임은이가 가졌던 독기가 표정과 분위기 자체에 스며든 것 같았다.

'하긴, 그 시절 내가 웃을 때는 두 사람과 함께 있을 때가 전부였으니까.'

아, 하나 더 있긴 했었다.

기녀로 임무를 수행할 당시, 목표의 마음을 녹이려고 살인적인 미소를 지을 때. 그럴 때를 빼면 당시의 임은이는 언제나 무서운 표정을 짓고 있었다. 그랬던 걸 지영도 잘 알고 있으니 분명 촬영 내내 그런 표정을 달고 살았던 것 같았다. 또 그러다 보니 신이 없는 순간에도 거의 무표정으로 지낸 거고.

장재원 감독이 두 여배우를 봤다가, 다시 지영을 보며 말했다.

"지영 씨 전작들 보면서도 느꼈지만 몰입도가 너무 강하다는 인상을 받았어요. 배우가 배역에 몰입하는 거야 당연히 좋지만 그게 과하면 독이 돼요. 과유불급. 무슨 뜻인지 잘 알죠?"

"네, 조심할게요."

지영은 그렇게 대답했지만 연기에 힘을 뺄 생각은 없었다. 이제 사실 촬영 막바지였다. 후반부 컷 몇 개만 따고 나면 촬영은 공식적으로 끝난다. 문제는 남아 있는 신들이 감정 소모가 너무 많을 거라 예상된다는 점이었다. 과잉 감정으로 정신력을 계속 소모하면 촬영이 늘어날 수도 있었고, 배우 본인에게 가는 부담이 상당히 늘어난다. 장재원 감독이 그 부분을 걱정하고 있다는 걸 알았지만 지영은 이제 임은이를 떠나보내야 할 때였다.

그러니 그녀가 후회를 남기지 않도록, 최선을 다할 생각이었다. 당시 그녀가 느꼈었던 모든 감정을, 분출할 생각이었다.

이때를 위해 지영은 감정 통제를 최대한 해왔었다. 마지막에 기력이 모자라 절대 그날의 울분을 제대로 재현하지 못하는 사태를 막기 위해서 말이다.

오늘의 퍼스트 신, 김새연의 신이 시작됐다.

헤이쬬가 병사들을 이끌고 들이닥쳐 정은정을 추궁하기 시작했다. 당시 임은이가 정은정에게 찾아가며 남긴 흔적으로 인해 동조자로 몰린 정은정. 그녀는 당당한 얼굴로 그런 일이 없었다고 밝혔지만 그걸 그대로 믿어줄 놈들이 아니었다. 집 안을 강제 수색하지만 임은이를 찾거나 그녀가 있었단 증거도 찾지 못했다. 이름 있는 집안이라 강제로 연행하진 못하고, 비릿한 표정을 지은 헤이쬬가 두고 보잔 말을 남기고 사라졌다.

정은정의 두 번째 신은 헤이쬬가 다케시와 등장하면서였다. 헤이쬬는 그 날 임은이를 봤다는 주변 백성을 데리고 왔고, 다케시는 정은정이 독립군에 자금을 댔다는 증거를 가지고 왔다.

저 멀리, 비열한 웃음을 짓고 있는 두 사람 앞에 서서 호흡을 고르는 김새연이 보였다. 분노에 꼭 쥐고 있는 주먹. 그 손등에 새파랗게 가로 새겨진 핏줄이 인상적이라는 생각을 할 때, 그녀의 대사가 들려왔다.

"이분의 말이 사실이라고 어떻게 증명할 수 있나요?"

"진실과 거짓은 중요하지 않아. 지금 내가 이렇게 판을 벌였다는 게 중요하지, 흐흐."

"치졸하군요."

"정당하진 않지. 인정해. 그런데 내가 얘기했지? 기대하라고? 킄킄!"

헤이쵸가 이번엔 제대로 된 발음으로 대화를 했다. 정은정이 입술을 꾹 깨물고 헤이쵸를 노려보자, 이번엔 다케시가 나섰다. 팔랑팔랑 글자가 깨알같이 적혀 있는 서신을 흔들면서.

"이건 내가 역에서 잡은 놈이 신줏단지처럼 품고 있던 건데 말이야. 여기에 당신 이름이 이렇게 많이 등장하는데. 이건 어떻게 생각하지? 봐, 보라고. 여기, 그리고 여기에도. 정은정, 딱 적혀 있지?"

"우습군요. 당신이라면 비밀 서신을 보내는데 받는 사람의 이름을 거론하나요?"

"여기, 여기 있잖아?"

서신은 당연히 가짜였다.

정은정의 말처럼 진짜 서신을 받는 장면에서 내용을 보면 절대 정은정의 이름은 언급되지 않았다. 그러니 이건 심증만으로 임은이를 엮어내기 위한 수작이었다. 그리고 만약 아니더라도 이들에겐 상관이 없었다.

왜?

당시 이들은······.

'한민족 백성들의 목숨을 벌레처럼 여겼으니까.'

그러니 임은이가 엮여 나와도 그만 안 나와도 지들의 심기를 거슬렀던 정은정을 처단할 수 있어 그만. 어느 쪽이든 손해 볼 게 없는 판을 만들었다. 정은정은 안타깝게도 거기에 제대로 갇혔다.

헤이쵸가 고갯짓을 슬쩍 하더니, '끌고 가!' 짧게 소리쳤다. 그 명령에 니토헤이 둘이 달려와 정은정을 포박하곤 압송을 시작했다. 그리고 옆의 형무소 세트의 옥에 갇히는 장면을 끝으로 컷! 오늘 김새연 장면이 끝났다.

김새연 신만 끝냈는데도 벌써 두 시가 훌쩍 넘었다. 장재원 감독은 바로 고은성의 신을 찍을 거니 준비를 하라고 했고, 오프닝 영상에 쓰일 때처럼 대규모 시위를 열어야 하는지라 단역들이 대거 동원됐다.

"어땠어?"

그 어수선함을 피해 김새연이 다가와 수건으로 땀을 닦으며 물었다.

"최고, 멋있었어요."

"흥, 빈말은."

김새연의 반응에 지영은 그냥 말없이 다시 엄치를 척 내밀었다. 분주히 돌아가는 세트장을 보며 두 배우는 적당한 곳에 자리 잡고 말없이 앞만 지켜봤다. 김새연은 지쳤기 때문에 정신적 회복이 필요했고, 지영은 그런 김새연을 배려해 말을 걸지 않았다. 말없이 10분쯤 지났을 때 어느 정도 회복한 김새연이 다시 입을 열었다.

"이따가 괜찮겠어?"

"네? 아, 뭐. 괜찮아요."

"그래도 찍기 쉽지 않을 건데."

"그래도 해야죠."

오늘 지영이 찍을 신은 꽤나. 아니, 많이 선정적인 신이었
다. 그런데 그걸 남자가 찍어야 했다. 이 신 때문에 장재원 감
독은 과감하게 15세 등급 판정은 포기해 버렸다. 그리고 세계
최고의 특수 분장 팀을 불렀다. 솔직히 지영이 이번 신을 위
해 그렇게 혹독하게 몸매 라인 관리를 해왔다고 해도 과언이
아니었다.

"후아, 나도 아직은 무서워서 못 찍은 장면들인데. 넌 진짜
대단하다. 어려서 그런가? 아니면 남자라서 그런가?"

"두 개 다겠죠, 뭐. 제 모습을 봐도 여자라고 생각하진 않을
거잖아요?"

"아닐걸? 지금 넌 어떻게 봐도 그냥 여자야. 흥, 나보다 얼굴
이 더 예쁜데 무슨!"

"에이, 그건 아니다."

"흥! 맞거든?"

그렇게 의미가 있는 것 같기도 하고, 없기도 한 대화를 나
누다 보니 백 명에 이르는 단역들이 세트장에 자리 잡았고,
고은성이 정면으로 나섰다. 그 모습에 둘은 반사적으로 대화

를 멈췄다. 촬영장 전체에 숨 막히는 침묵이 내려앉았다.

이번 신은 음력 3월 1일, 아우내(竝川) 장터에서 무려 삼천의 군중에게 태극기를 나눠주며 독립운동 시위를 주도하다가 잡혀가는 신이었다.

후세까지 길이길이 남아 공휴일로 지정됐을 만큼 역사적인 날에 가장 아름답고 꽃다웠던 시기를 불살랐던 한 여인의 모습을 담는다. 지영은 저도 모르게 입술을 꾹 깨물었고, 주먹에 힘이 꽈악 들어갔다. 이 장면은 지영, 아니, 임은이에게도 의미가 깊었다. 이날 두 친구가 동시에 잡혀 갔고, 자신은 그 사실도 모르고 사경을 헤매고 있었기 때문이다.

원통함.

미안함.

깨어나서 여러 가지 감정에 정신이 망가질 뻔했던 그런 날이었다.

액션 사인이 들어갔다.

대한 독립 구호가 마치 너울처럼 세트장을 울렸다. 그 앞에 선 고은성은 처음 보여줬던 광기에 젖은 얼굴로 구호를 이끌었다. 순사들의 총탄이 민중에게 쏟아부어졌다. 그럼에도 그녀는 멈추지 않았다. 옆에서 자신을 낳아주신 부모가 피를 흘리며 쓰러지는데도, 눈물을 흘리며 통곡하듯 대한 독립만세를 외쳤다.

그 모습은 가히 압도적인 뭔가를 둘에게 선사했다.

"역시 저 언니는 진짜……."

"대단하네요."

김새연이 배우로서 가진 자존심 때문에 차마 끝내지 못한 말을 지영이 대신했다. 그녀의 외침에 담긴 한스러움이 무서울 정도로 잘 전달됐다. 독립을 위한 열망이 너무 가득해, 그 거대한 애원에 숨이 멎을 것 같았다.

임은이는 못 보았다.

1945년, 광복의 그 순간을.

그래서 지금 가슴이 너무 뛰었다. 임은이는 진심으로 기뻐하고 있었다. 고은성의 연기를 보며 말이다.

지영을 이렇게 만들 정도로 고은성은 정말 대단했다.

천부적인 연기 재능이 있는 건 둘째 치고, 감정의 폭발을 호흡마다, 대사마다 자신이 유기적으로 분리해서 사용했다.

"아악!"

소품인 총에 얼굴을 얻어맞고 쓰러지는 고은성. 지영은 거기까지 보고 자리에서 일어났다. 더 보고 있으면 감정이 너무 격해질 것 같아서였다.

"어디가?"

"이제 슬슬 준비해야죠."

"음… 그래."

지영은 대기실로 들어갔다.

서소정에게 분장 팀을 불러달라고 하고는, 유은재에게 온 메시지를 확인했다. 간결한 메시지 하나가 와 있었다.

[파이팅!]

이모티콘 하나 없는 그 메시지에 지영은 살며시 미소 지었다가, 고마워. 너도 공부 열심히 해. 끝나고 연락할게, 이렇게 답장을 보내주곤 폰을 가방에 넣었다.

"후아… 이제 집중하자."

거울을 보면서 지영은 뺨을 몇 번 툭툭 쳤다. 이번 신은 수치, 부끄러움을 감내해야 하는 신이었다. 그러니 지금부터라도 단단히 집중해야 했다. 서소정이 분장 팀과 함께 들어왔다. 그런데 낯이 익은 팀이었다.

"하이, 또 보네?"

"어, 유릭. 당신이 왔어요?"

"그럼, 특수 메이크업은 우리가 업계 최고지, 후후."

"그건 그렇죠. 이번에도 잘 부탁해요."

"그래, 눈빛 보니 벌써 집중 모드인 것 같은데 바로 시작하자고."

"네."

유릭은 바로 소품 박스를 꺼내 쫙 펼쳤다. 지영은 상의를 벗었다. 그러곤 서소정이 담요를 미리 깔아놓은 테이블 위해

누웠다. 유릭은 그 위에서 손가락으로 네모난 창을 만들어 구도를 잡았다.

"사이즈는?"

"장난치지 말구요."

"하하, 알았어."

이미 사전에 오늘 특수 보정 자료는 다 넘겼다.

유릭이 장갑을 끼고, 그의 팀과 지영에게 달라붙으며 작업을 시작했다. 이번 신은 보형물로 대체할 수 있는 신이 아니었다. 왜? 전라 노출 신이었기 때문이다.

사경을 헤매는 임은이의 땀투성이 전신을 정은진과 정은정의 몸종이 조심스럽게 닦는다.

대본에 적혀 있는 한 줄이다. 그리고 그걸로 모든 설명이 가능했다. 그래서 지금 지영은 그 신을 위해, 특수 분장으로 진짜이자 가짜인 가슴을 만들고 있었다. 사이즈는 B80. 실제 임은이의 사이즈가 딱 그 정도였다.

작업은 지루하고, 길었다.

둔덕을 형성한 다음 고정시키고, 그 위에 유두, 유륜까지 전부 구현해야 했다. 카메라로 잡고, 누가 보더라도 가슴처럼 보이게 탄력까지 넣어야 하는 작업이 쉬울 리가 없었다. 한 시간이 금방 지나갔다.

고은성의 신도 촬영이 끝났는지 장재원 감독이 찾아와서

전체적인 이미지를 눈에 담고는 아무 말 없이 다시 조용히 사라졌다.

고은성과 김새연은 왔다가 '꺅!' 소리만 남기고 도망쳤다.

그럼에도 지영은 눈을 뜨지 않았다.

그렇다고 잠든 것도 아니었다.

철저하게 감정을 통제하고 있었다.

그렇게 하는 이유는, 실제 그날의 임은이처럼 앓아야 했기 때문이다. 30분쯤 더 지났을 때 스륵, 유릭이 일어나는 인기척이 들렸다. 지영은 그제야 눈을 천천히 떴다.

"좋아. 완벽해."

"……."

"제대로 보정됐으니까 지금 일어나도 돼."

"고마워요, 유릭."

인사와 함께 자리에서 조심스럽게 일어난 지영은 천천히 상체를 전신 거울 쪽으로 돌렸다. 거울 속 강지영은 정말 탐스러운 가슴을 달고 자신을 바라보고 있었다.

"와우!"

"최고야!"

유릭의 말에 지영은 저도 모르게 고개를 슬그머니 끄덕였다. 혹독하게 몸매 라인을 만든 보람이 있었다. 지영은 머리를 묶고 있던 끈을 풀었다. 사르르 흘러내리는 머리카락을 고개를 털어 대충 흩뜨렸다.

가슴 언저리까지 슬쩍 내려오는 머리카락과 탐스럽게 솟아오른 가슴, 그리고 눈매가 머리카락에 살짝 가려지니 더없이 여성스러워 보였다. 거기다 잘록하게 들어간 허리. 복근 운동은 거의 안 했지만 확실하게 잡혀 있는 라인과 스쿼트로 탄력 있게 올라간 힙까지. 정말 모든 게 완벽했다.

"와……."

막 대기실에 도착한 송지원이 지영을 보고 저도 모르게 탄성을 흘렸다. 포스트 송지원 임유나도 넋을 잃고 지영을 바라보고 있었다. 지영은 둘을 향해 돌아서며 말했다.

"어울려요?"

"야, 이……!"

덜렁! 아니, 출렁이는 가슴을 본 송지원이 발끈했고, 임유나는 저도 모르게 '꺅!' 하고 비명을 질렀다. 두 손으로 눈을 가렸지만 당연히 손가락은 살짝 벌어져 있었다. 남자 몸도 아니고, 여자 몸을 보고 놀랐다는 걸 깨닫지도 못하고 있었다. 그래서 송지원이 임유나의 머리를 톡 치면서 쟤, '남자야!' 하고 소리까지 쳤다.

성큼성큼 다가온 송지원이 지영의 가슴에 손을 뻗어 만지작거렸다.

"어때, 느껴져?"

"느껴지긴 뭘 느껴져요. 이게 무슨 신경까지 넣은 줄 아세요?"

"어? 아냐?"

찰싹.

손바닥으로 가슴을 툭 치니 여지없이 흔들렸다. 물론 실제 피부처럼 빨갛게 색이 변하진 않았지만 이 정도면 진짜 가슴 이라고 봐도 무방했다.

"이야, 분장 기술 진짜 발전했구나……. 유릭, 대단한데?"

"하하, 그럼. 난 언제나 최고의 기술만 고집한다고? 그런 의 미로 이번 의뢰는 최고였어. 내 몸 값이 올라가는 소리가 벌 써부터 들리는 것 같아, 하하하. 그런 의미에서 지영, 사진 좀 찍어도 되겠지?"

지영은 유릭의 말에 고개를 끄덕였다. 그에게는 이 가슴이 작품, 그 자체였다.

"우와… 진짜 같다. 이거, 만져봐도 돼?"

"아니요."

"아……."

"농담이에요. 이따 신 찍을 때 만져야 하는데, 지금 미리 경 험한다고 치고 만져봐요."

"헤헤, 그럼……."

조심스럽게 손을 뻗어 가슴을 만져보는 임유나. 볼이 빨갛 게 물들어 있었다. 아주 작게 '나보다 커……'라고 저도 모르게 중얼거렸지만 지영은 매너 있게 모른 척해줬다. 임유나가 손을 떼자 브래지어를 착용하고 상의를 다시 입는 지영. 유력이 작업하는 도중에 잡아 뜯지만 않으면 떨어질 일은 없다고 했지만 그래도 혹시 모르는 일이다. 괜히 무방비하게 움직이다가 손상이라도 되면 촬영은 또 딜레이 될 테니 알아서 조심하는 게 좋았다.

"밑은? 밑은 어쩌게? 전라 노출 신이잖아."

"보정 속바지 준비했어요. 꽉 압박하고, 그래도 천으로 중요 부위는 가리니까 대충 커버될 것 같아요."

"그래? 참 너도 대단하다. 그 나이에 이런 신을 찍는 배우는 진짜 너밖에 없을 거다."

"에이, 찾아보면 많아요."

"적어도 한국에선 없어."

송지원은 고개를 절레절레 저었다. 자신도 연기를 위해서라면 물불 안 가리는 스타일이지만 그녀의 시선에 지영도 본인에 비해 결코 떨어지지 않는 연기 중독자였다. 물론 지영이 얘기를 안 해 연기를 하는 이유를 모르는 송지원이지만 어쨌든 그 이유를 모르는 사람이 보는 시점에서 지영은 정말 천부적이고, 연기에 미친 배우로밖에 보이지 않았다.

그래서 지영은 송지원의 저런 말에 크게 공감은 느끼진 못하지만 굳이 변명하진 않았다. 그리고 어차피 변명거리도 없었다.

"그런데 어쩐 일? 누나 오늘 바쁘다면서요."

"바쁘지. 근데 너 오늘 찍을 신 내용보고 스케줄 미뤘어. 이런 좋은 구경을 놓쳐서야… 어디 의누님이라 할 수 있겠어?"

"…그거 참 감사하네요."

흐흐 웃는 송지원을 보니 이따 찍을 신을 아주 잔뜩 기대하고 있는 게 분명해 보였다. 지영은 간이 탈의실에 가서 주문 제작 한 꽉 끼는 보정 속바지를 입고, 그 위에 다시 타이즈를 받쳐 있었다. 거의 삼각팬티보다 조금 더 긴 정도지만 이정도면 충분히 커버가 가능할 것 같았다. 다시 밖으로 나오자, 송지원과 임유나가 또 빤히 바라봤다.

"아, 그만 봐요. 닳겠어요, 진짜."

"진짜 가슴도 아닌데 닳긴 뭘 닳아! 그나저나 너 진짜 여자 같다. 처음엔 여성적인 이미지가 얼마나 나올까 좀 걱정했는데… 이건 뭐, 쯔쯔."

송지원이 고개를 절레절레 젓자 지영은 피식 웃고는 패딩을 위에 걸치고, 화장대 앞에 앉았다. 한쪽에서 흥미진진하게 대화를 듣고 있던 이성은이 얼른 와서 신에 맞춰 메이크업을 수정해 줬다.

그렇게 준비를 끝내고 밖으로 다시 나가는 지영. 전 스태프들의 시선이 오늘도 역시나 몰려들지만 이제는 그냥 무덤덤했다.

"오! 오늘도 너의 미모는 열일하구나!"

촬영 감독이 카메라로 지영을 한번 잡아보고 한 말이었다. 열일하는 미모라니… 여기엔 좀 쓴웃음을 지어준 지영은 장재원 감독에게 다가갔다.

"준비 다 됐어요?"

"네, 준비 끝났어요."

"좋아요. 그럼 스탠바이 들어갑시다."

"네."

지영은 바로 세트장으로 이동했다. 이번에 촬영할 세트장의 설정은 정은정 저택 내에 비밀 지하실이었다. 실제로 정은정은 부친이 생전 사용하던 서재를 통해 임은이를 비밀 지하실로 옮겨 치료를 했었다. 이곳의 입구는 아주 정교하고, 교묘하게 위장시켰고, 특수한 한자로 이루어진 다섯 자리 암호를 모르면 절대로 안으로 들어갈 수 없었다.

이러한 사실을 아는 지영은 장재원 감독에게 얘기를 했고, 곰곰이 생각하던 그는 고개를 끄덕이며 아예 세트장을 하나 더 만들자는 수용 의견을 바로 내놓았다. 영상을 위해서라면 전 스태프의 말에 귀를 기울이는 그다웠다.

지영이 지하실 아래 성인 허리 높이의 돌침대에 눕자, 두 여배우가 지하실 세트장 밖에 나가서 섰다. 그렇게 배우 셋이 위치에 서자 언제나 그렇듯, 촬영장에 고요함이 마치 비온 날 아침, 안개처럼 내려앉았다.

*　　　　　*　　　　　*

"후으, 후으, 후으."

가슴의 기복이 거의 느껴지지 않는 호흡. 허벅지 안쪽 살점이 뭉떵 뜯겨 나가고, 총탄에 어깨를 뚫린 그녀는 며칠이 지나도록 의식이 없었다. 미약한 신음 소리는커녕, 죽었는지 살았는지 의심스러울 정도로 기식이 엄엄했다.

그런 그녀가 있는 지하실엔 누울 수 있는 돌침대 하나, 그리고 주변에는 각 방위마다 있는 네 개의 서랍장과 호롱불만 곳곳에 걸려 있었다.

지하실에서는 아무런 소리도 들리지 않았다. 숨이 넘어가기 일보 직전인 여자의 신음조차 들리지 않았다. 그런 적막함이 깨진 건 '흐으으……' 하고 임은이가 처음으로 신음을 흘렸을 때였다.

드륵, 드륵, 드르르르륵.

구궁!

그으으으웅!

암호가 풀리고, 기관(機關)에 위해 돌문이 움직이는 소리가 지하실을 지배하던 고요와 침묵을 무자비하게 두들겨 때려서 내쫓았다. 문이 열리고 두 명의 여인이 안으로 들어섰다. 들어선 이는 낯빛이 매우 어두운 가냘픈 체구의 여인과 울기 직전에 작고 단단한 체구를 가진 묘령의 여인이었다.

"후우."

그중 작고 단단한 묘령의 여인이 돌 상 위에 누워 있는 그녀에게 다가가 코에 손가락을 슬며시 댔다.

"작은 아씨… 수, 숨이……!"

"비켜보거라."

화들짝 놀라는 정은정의 몸종 김순미의 호들갑에 작은 아씨라 불린 여인, 정은진이 다가와 임은이의 맥을 짚었다. 가만히 눈을 감고, 생명의 기운을 느껴보는 정은진. 입술을 질끈 깨문 그녀의 얼굴에는 상반된 감정이 깃들어 있었다.

걱정, 그리고 원망.

여기에 누워 있는, 자신이 지금 맥을 짚고 있는, 언니가 생에 처음 감정을 터놓은 이 여인 때문에 언니는 끌려갔다. 그에 대한 원망을 정은진은 숨길 수가 없었다. 누구보다 순수했고, 가문을 위했으며, 백성을 돌보았고, 독립을 꿈꾸었던, 어디하나 존경 안 할 구석이 없었던 사람이 바로 그녀의 친언니, 정은정이었다.

그런 언니가 오늘 일본제국군에 끌려갔다.

그 악명 높은 서대문형무소로.

들어가면 시체가 되지 않는 이상 나오지 못한다는 무시무시한 악명이 있는 만큼 정은진은 언니에 대한 걱정 때문에 심장이 떨어져 나갈 것 같았다. 그 모든 게 여기에 누워 있는 여인, 임은이 때문이었다.

창백하다 못해, 푸르스름한 빛깔의 피부.

곧 숨이 떨어져도 이상할 게 하나도 없는 안색에다가 기식은 정말로 엄엄했다. 하지만 아주 미약하게 잡히는 맥박을 정은진은 놓치지 않았다. 한의학에 나름 조예가 깊은 정은진은 배움을 시작할 당시 스승에게 맹세했던 말을 떠올렸다.

'죽어가는 제국군을 살리든, 죽이든 그건 은진이 네 맘이다. 그러나 조선인은 반드시 살려야 한다.'

그의 스승은 핍박의 시대를 살았고, 그의 눈앞에서 죽어간 동포들이 셀 수도 없이 많았다고 했다. 그래서 일본군에 대한 원망과 분노가 하늘을 찌를 듯 높았다. 물론 그를 내색하지 않았지만 제자인 정은진에게 그 사상을 전달하는 걸 조금도 주저하지 않았다.

정은진은 그 당시 고개를 끄덕였다.

당시 어렸던 정은진의 생각도 같았으니까.

'언니, 살려야 하나요……?'

정은진은 입술을 꾹 깨물고, 대답해 주지 못할 대상에게 질문을 던졌고, 당연히 들려오지 않을 대답에 실망하고, 아파했다.

천사와 악마가 귓가에서 소곤거림을 정은진은 느꼈다. 천사는 살리라지만 악마는 죽이라 한다. 정은진은 선택의 기로에 섰고, 눈을 질끈 감았다.

"자, 작은 아씨……."

정은진이 아무런 처방도 내리지 않자 불안한 눈빛, 어조로 김순미가 그녀를 불렀다. 어둠 속 호롱불빛에 반사되는 김순미의 눈빛에는 '아씨, 그러시면 안 되어요. 큰 아씨의 친우분이셔요!'라는 뜻이 담겨 있었다.

정은진은 결국, 천사를 택했다.

이제는 존경하고, 사랑해 마지않는 언니의 친우인 이 사람을 살리는 게 그녀가 할 일이었다.

"아직 숨이 작게나마 붙어 있구나. 어서 약을 먹이거라."

"네, 작은 아씨!"

"목소리가 크다."

"아… 네."

김순미는 얼른 정은진이 건네준 약을 물에 개어 시체처럼 아무런 미동 없이 누워 있는 임은이의 입에 흘려 넣었다. 경험이 꽤 많은지 조금씩, 아주 조금씩 조심스럽게 김순미는 약을 흘려 넣었고, 오 분쯤 있다가 약그릇을 들고 물러나자 정은진은 머리를 질끈 묶고, 임은이가 덮고 있던 천을 천천히 걷었다.

"……"

"오아……."

선명한 붉은 불빛 아래 드러나는 그녀의 새하얀 나신. 한기에 노출되자 부르르 미세하게 떨기 시작했던 몸이 다시금 잠잠해졌다. 추위에 떨 기력조차 이미 떨어졌다는 뜻이었다. 정은진이 보기에 그녀의 부상 자체는 그리 심하지 않았다.

관통상 하나와 총상이 두 군데 있지만 이 정도로는 웬만해선 건장한 성인은 죽지 않는다. 문제는 여기까지 오면서 흘린 피였다. 특히 허벅지. 이쪽은 어디 급소를 제대로 훑고 지나간 것 같았다. 그래서 과다 출혈로 인해 의식이 끊어졌고, 그렇게 끊어진 의식은 아직까지 이어지지 않고 있었다.

"면포를 다오."

"네, 작은 아씨."

김순미가 얼른 챙겨온 면포를 건넸고, 정은진은 방울방울 맺혀 있는 땀방울들을 면포로 닦기 시작했다. 김순미도 얼른 합세해 땀을 닦았다. 그렇게 닦고는 챙겨온 물에 한 번 빨아서, 다시 임은이의 몸을 닦았다.

바르르.

차가운 물에 젖은 면포가 몸에 닿자 다시 한기에 몸을 부르르 떨다가 멈췄다.

"어머, 어머, 어머……."

"치료 중이다."

"앗… 네."

김순미가 한기에 노출돼 봉긋 힘을 받은 유두를 보며 볼을 발갛게 물들이며 어쩔 줄 몰라 하자 정은진이 엄한 목소리로 주의를 주었다. 정은진은 꼼꼼했다. 목부터 가슴, 배꼽 아래까지 정성스러운 손길로 몸을 닦고는 후우, 한숨과 함께 소매로 이마를 한 차례 스윽 훔쳤다.

"일으켜 세워서 안고 있거라. 등 뒤도 닦아야 하니."

"네, 작은 아씨."

하지만 안기는 쉽지 않았다.

축 늘어진 사람의 몸은 매우 무겁기 때문이었다. 두 사람이 겨우겨우 그녀를 일으켜 세우자, 목이 힘없이 툭 앞으로 꺾였다. 그런 그녀의 어깨로 손을 넣어 살며시 당겨 안는 김순미. 이번에도 볼이 발갛게 물들었다. 목덜미를 간질이는 숨은 못 참겠는지 입술을 질끈 깨물고 눈까지 꼭 닫아 걸었다. 하지만 정은진은 한 치의 미동도 없이 등을 상체 앞면처럼 닦고는 조심스럽게 그녀를 다시 눕혔다.

"흐으, 흐으, 흐으……."

가슴의 기복이 거의 느껴지지 않지만 약이 들기 시작하는지 조금, 아주 조금 호흡 소리가 커진 것 같았다. 하지만 아직이었다. 약효를 잘 돌게 하기 위해서 침도 놓을 생각이고, 놓기 이전에 여태 흘렸던 땀과 노폐물들을 전부 깨끗이 닦아내야 했다. 그런 이유로 상체는 끝났지만 아직 하체가 남아 있었다.

잠시 숨을 돌렸던 두 사람의 시선이 허공에서 만났다가, 천천히 아직도 하얀 천에 덮여 있는 하체로 돌아갔다.

두 여인의 시선이 지영의 하체로 옮겨가고, 몇 초가 지나고 나자 바로 컷 사인이 울렸다. 그 사인에 지영은 나직하게 쉬던 숨을 멈추고, 크게 숨을 몰아쉬었다.

"후아……."

가슴에 기복이 많으면 안 되는지라 강제로 무호흡처럼 숨을 작게 쉬었더니 폐가 아주 죽겠다고 난리를 부려댔다. 신선한 공기가 들어가자 그제야 진정하고 정상으로 돌아갔고, 지영은 감았던 눈을 떴다.

"으으……."

임유나가 얼굴을 가리고 후다닥 촬영 세트장을 벗어났다. 살짝 스쳐갈 때 보니 볼이 아까처럼 발갛게 물들어 있었다. 지영이 왜 그러는지 몰라 눈을 몇 번 깜빡이자 정은진 역의 정소영도 털썩 자리에 주저앉았다.

"아… 감촉 이상해……."

주저앉은 그녀는 자신의 손바닥을 바라보며 요상한 표정을 짓고 있었다. 뭐가 문제지? 지영은 이 궁금증을 지금 풀기로 했다.

"누나, 왜 그래요?"

"아… 진짜 가슴 만지는 줄……."

"그게 왜요? 진짜 같으면 좋은 거 아닌가요?"

"……."

정소영이 지영을 빤히 올려다보더니 고개를 절레절레 저었다. 자리에서 일어난 그녀는 지영을 스쳐가며 짧게, 이렇게 말했다.

"그래, 아직 섬세한 여인의 마음을 알기에는 무리지……."

"음……?"

피식. 무리기는? 그저 모른 척할 뿐이었다.

정소영이 장재원 감독에게 향하자 지영은 자리에서 일어나 천으로 상체를 감았다. 서소정이 얼른 다가와 땀 스프레이의 흔적을 수건으로 조심스럽게 닦아냈다.

"저 두 사람 왜 그래요?"

"같은 여자 가슴 만진 기분이라 그럴걸?"

"그게 왜요? 문제가 돼요?"

"당연히 문제가 되지. 완전히 여자 같은 감촉이라 진짜 가슴 만지는 기분이라 이상했을 거고, 그런데 또 너는 남자인 걸 머리는 알고 있으니까 요상한 생각도 들었을 거고."

"……."

침묵과 함께 고개를 저어 대답한 뒤에 장재원 감독에게 가서 영상을 확인해 보는 지영. 영상미가 제법 잘 살아 있었다. 임유나의 연기도 어색하지 않았고, 아직은 조연 자리에 머물고 있지만 정소영의 연기도 임유나에 비해 나으면 나았지, 전혀 떨어지지 않았다.

특히 살짝 감긴 눈빛에서 나오는 감정들이 제법 매력적이었다.

"좋네요. 잠시 쉬었다가 다음번째 신 갑시다."

장재원 감독의 오케이 사인에 지영은 고개를 끄덕이곤 한쪽에 쳐놓은 천막으로 갔다. 장재원 감독이 지영을 위해 준비해 놓은 천막이었다. 천막 안으로 들어가자 송지원이 사과를 깨물어 먹고 있었다.

"어, 안 봤어요?"

"안 보긴, 우읍, 보고 들어온 거지."

"아하, 사과 또 없어요?"

"마지막. 이거 먹을래?"

여기저기 이빨 자국이 가득한 사과를 턱 내미는 송지원을 무시하고 스쳐간 지영은 남는 의자에 털썩 앉았다. 그러자 대번에 송지원의 눈초리가 날아들었다.

"이제 좀 컸다고 누나 무시하냐?"

"누나 키 넘은지가 몇 년인데 크기 타령이에요."

"크으… 말대꾸까지. 어렸을 적 지영이가 이 누나는 그립구나……."

"전 처음부터 이랬거든요."

"아."

송지원이 지영의 대답에 잠시 입을 벌리고 곰곰이 생각에 잠기더니, 이내 고개를 크게 몇 번이나 끄덕였다. 생각해 보니까 진짜 지영은 처음부터 이랬다. 고작 초등학교 1학년짜리가 연기로 자신을 압도한 건 물론이고, '다오'라는 한 대사로 손에 들고 있던 물병을 갖다 바치게 만든 전적도 있었다.

아이다운 구석이라고는 눈을 씻고 찾아봐도 없던 게 반 십 년 전의 지영이었다.

한정연과 이성은이 쪼르르 들어와 지영의 메이크업과 헤어를 손봐주고 다시 나갔다.

"아까 연기는 어땠어요?"

"뭐, 봐줄 만했어."

"뭐야, 설마 삐졌어요?"

"아닌데, 안 삐졌는데! 베에!"

뭐지? 지영이 고개를 갸웃거리자 쿡쿡 웃은 송지원이 잠시 턱에 손을 대고 생각에 잠겼다. 그리고 1분 정도 시간이 흐른 뒤 정리된 생각을 말하기 시작했다.

"연기야, 뭐 나무랄 데가 없지. 유나도 잘 따라왔고, 소영이도 그렇고. 영상은 안 봐도 알겠더라."

"그래요? 그럼 다행이네요."

송지원의 안목은 솔직히 대단했다. 연기라는 것 딱 하나만 놓고 보자면 어쩌면 지영보다도 내공이 높을 게 분명한 게 바로 연기자 송지원이었다. 그런 그녀가 오케이라면, 다른 누구도 거기에 대고 트집 잡을 건더기를 찾진 못할 것이다.

하지만 그런 송지원의 말은 아직 끝나지 않았다.

"그래도 문제는 있어."

"네? 있어요?"

"응, 내가 너 촬영하는 걸 몇 장면 안 봤지만 문제라고 느껴지는 건 있어."

"뭔데요?"

"너무 튀어."

"……."

지영은 튄다는 말에 입을 딱 다물었다.

사실 안 그래도 요즘 생각하고 있던 부분이긴 했다. 전체적인 분량으로 따지자면 '피지 못한 꽃송이여'의 메인 주인공은 고은성이었다. 유관순. 그 지고지순했던, 대한민국 역사에 길이 남을 한 여인의 삶을 재조명하는 것이기 때문에 가장 많은 분량을 고은성이 차지했다. 그리고 그 뒤로는 임은이, 그 다음 정은정 순이었다.

"니 여장이 너무 잘 어울려서 위화감이 생겨. 다른 두 배우가 사실 외모로 승부 보는 배우들이 아니잖아? 그런데 넌 완벽해. 여장도 지나치게… 아니, 완벽하게 잘 어울리고, 연기는 말할 것도 없고."

"……."

"은성이야 군중을 이끄는 임팩트 강한 장면이 있어서 그나마 괜찮지만 이러다간 새연이는 푹 묻힐걸? 아주 지저까지 파묻어 버릴지도 몰라."

"끙……."

지영은 앓는 소리를 냈다.

확실히 김새연은 임팩트 강한 신이 별로 없었다. 차분함에 아름답고, 그리고 병약하면서도 신비하기까지 한. 이런 여러 가지 이미지를 김새연이 표현하지만 고은성이 뿜어내는 한 맺힌 에너지를 넘어설 수는 없었다.

그럼 자신은?

말해 뭐 하나. 벌써 송지원이 이렇게 말했다.

이번 노출 신은 어쩌면 모든 장면을 씹어 먹는 신이 될 수도 있었다. 일반적인 여배우의 노출 신이라면 그럴 일까진 없지만 문제는 지영이 남자라는 점에 있었다. 완벽하단 말이 어울리는 가슴에 혹독한 관리로 피어난 몸매 라인까지. 게다가 걸음걸이, 변성기가 오지 않아 나오는 여성스러운 목소리까지.

김새연을 묻어버릴 수 있는 조건이 차고 넘쳤다.

"하지만 저 신은 장 감독도 그렇고, 너도 그렇고 엄청 준비한 신이잖아. 그러니 포기할 수 있는 신도 아니고."

"그렇죠. 제가 왜 먹고 싶은 음식 다 포기하면서 이렇게 몸을 만들었는데요. 이 신은 솔직히 그만큼 중요해요, 다른 사람은 몰라도 저한테 만큼은요."

"알아. 그래서 문제야. 근데 장 감독님도 이미 느끼고 있을 건데? 아무 말 안하서?"

"아직까진……."

"잘 알고 있어요, 지원 씨."

호랑이도 제 말하면 온다더니, 장재원 감독이 그렇게 말하며 안으로 들어왔다.

"앗, 감독님. 안녕하세요."

"반가워요."

송지원은 얼른 일어나 인사를 했다. 장 감독은 다 들은 것 같은데도 사람 좋은 미소를 짓고 있었다. 장 감독의 뒤로 고은성과 김새연도 같이 들어섰다. 고은성은 대선배 송지원을 몇 번이나 봤으면서도 신기하게 바라봤고, 김새연의 낯빛은 조금 어두웠다. 두 사람이 자리에 앉자 장재원 감독이 큼큼 목을 가다듬고는 입을 열었다.

"안 그래도 여기 두 배우와 그 얘기를 하고 있었어요."

"아······."

지영이 작게 탄성을 흘리자 김새연의 표정이 지영에게 날아왔다. 새침한 표정이었다. 그래도 다행이었다. 화가 나거나, 풀이 죽은 표정은 아니어서. 하긴, 여배우의 자존심이 남자 배우에게 미모로 졌다고 화를 내는 걸 용납하지 않는 상태일 거다. 그리고 김새연은 연기 욕심도 상당했다.

그러니 지영에게 툴툴거려 봐야 좋을 게 하나도 없었다.

"방법은 찾으셨어요?"

"아니요, 지금까지 찍은 영상들을 밤마다 돌려보고 있긴 한데… 곤란하네요, 하하. 배우에게 연기를 좀 대충해 달라고 할 수도 없고 말이죠."

송지원의 질문에 나온 장재원 감독의 답변에 김새연의 표정이 아주 미약하게 일그러졌다. 장재원 감독의 좀 전 말은 자존심을 제대로 긁는 한마디였다. 고은성도 설마 장재원 감독이 그렇게 말할 줄은 몰랐는지, 눈을 동그랗게 뜨고 있었다. 하지만 송지원은 웃고 있었다. 장재원 감독이 저렇게 말한 의도를 알아차렸기 때문이다.

지영은?

당연히 알고 있기 때문에 그저 난감한 웃음만 짓고 있었다.

"새연 씨 생각은 어때요?"

"네? 뭐가요?"

"지영 씨에게 밸런스를 맞춰달라고 할까 하거든요."

"절대! 네버!"

김새연은 그 대답과 동시에 웃으면서 고개를 저었다. 자존심상, 그건 그녀가 절대로 용납 못 할 짓이었다. 김새연은 처음부터 굵직한 작품을 찍으면서 떴다. 대한민국 대표 조각 미남 배우와 찍은 그 한 편은 김새연을 아역 중에서도 단연 빛나는 위치에 올렸다. 그 이후 찍은 작품들은?

솔직히 이후 몇 편은 이렇다 할 작품이 없긴 했다.

하지만 그건 김새연의 연기가 부족해서는 아니었다. 오히려 그녀의 연기는 또래 중에서도 단연 빛났다. 다만 스토리, 연출, 편집의 문제가 있었을 뿐이었다. 그러면서 그녀가 배운 건 일단 작품이 살아야 자신도 산다는 점이었다. 그런 그녀의 기준에 지금 '피지 못한 꽃송이여'를 찍고 있는 주연 셋의 연기는 완벽했다.

특히 고은성과 강지영, 이 두 사람은 김새연이 보기엔 아예 타고난 천재들의 연기를 보는 기분이었다.

"저 하나 묻히면 어때요? 영화만 잘 나오고, 잘되면 전 만족해요. 그리고 괴물들 사이에서 고군분투했다고 박수쳐 주지 않을까요?"

"하하하."

김새연의 대답에 장재원 감독은 그럴 줄 알았다는 듯이 웃

서로 다른 공간에서 169

었다. 아마 그는 이런 김새연의 대답을 바라고 그녀의 자존심을 긁은 게 아닐까 싶었다. 아니, 그게 확실했다.

"새연이 많이 컸네?"

"감사합니다……."

송지원이 웃으면서 그렇게 칭찬하자, 김새연의 볼이 빨갛게 달아올랐다. 송지원. 대선배이고, 이제는 전 세계가 주목하는 여배우다. 그런 송지원의 칭찬은 김새연의 마음을 사르르 풀어줬다.

송지원은 거기서 끝나지 않고, 한마디를 더 해줬다.

"그런 새연의 마음, 언니가 잘 알아들었어. 이 영화 끝나면 언니랑 작품 하나 하자."

"어, 진짜요?"

"그럼, 언니는 허튼 말 안 한단다."

"아… 감사합니다."

자존심을 내려놓고, 작품을 위해 희생하는 정신. 남자 배우야 그렇다 쳐도 여배우로서는 이런 결정을 내리기 힘들었다. 게다가 이제 고작 중1에다가 남자 배우인 지영에게 묻히는 거라 더더욱 결정하기 쉽지 않을 텐데, 김새연은 용케도 올바른 결정을 내려줬고, 그 결정에 대한 보답은 송지원이 아주 크게 선사해 줬다.

"자, 그럼 이제 문제는 없는 거네요? 그럼 전 가서 다음 신

준비하겠습니다. 준비되면 스태프 보낼 테니까 좀 쉬고들 있어요."

장재원 감독이 나가자 어쩐 일로 고은성과 김새연도 자리에서 일어났다.

"어디가? 언니랑 얘기하기 싫어?"

"아뇨… 저 준비해야 할 것 같아서요."

"무슨 준비?"

"에헤헤."

헤프게 웃는 고은성의 시선이 지영에게 한번 슬쩍 왔다가, 다시 송지원에게 돌아갔다. 그런 행동에 그녀는 피식 웃고는 손을 휘휘 저었다. 지영에게 묻히지 않기 위해 연기 연습을 하러 간다는데, 그걸 말리면 정말 천하의 나쁜 년이 될 게 분명했다.

두 사람이 나가자 송지원이 지영을 슬쩍 째려봤다.

"넌 암말도 안 하더라?"

"제가 나서면 모양새가 좀 그렇잖아요?"

"아, 그렇긴 하지. 에휴, 잘난 동생 뒤서 꽂아준다는 말이나 하고, 이게 뭐니, 이게?"

"분명하게 말씀드리지만 전 부탁한 적 없습니다."

"얼씨구……?"

찌릿!

송지원의 쭉 찢어진 눈빛이 날아오자 지영은 슬그머니 고개를 돌렸다. 에휴. 송지원이 한숨과 함께 자리에서 일어났다.

"가게요?"

"그래, 있어봐야 뭐 하니? 도와줘도 고맙다는 인사도 안 하는 동생이랑."

"고맙습니다."

"…너 요즘 캐릭터가 좀 변했다? 뭔 일 있니?"

"에이, 제가 어떻게 지내는지 잘 알면서. 저 별일 없어요."

있긴 있었다.

이번 생에 처음으로 좋아하는 사람을 만났으니까. 그리고 그 사람이 자신을 어떻게 생각하는지도 확인했고, 조금씩 감정을 키워 나가는 중이니까.

그러니 따지고 보면 엄청나게 큰 일이 있긴 했었다.

하지만 지영은 아직 오픈하지 않기로… 했지만.

"너 여자 생겼지?"

"아니요."

"어, 너 지금 대답 너무 빨랐어. 원래라면 피식 웃었을 텐데."

"……"

"헐."

송지원이 일어선 자세 그대로, 얼음이라도 된 것처럼 굳었다. 지영은 그녀가 서소정에게 들은 게 아니라 그냥 찔러봤다는 걸 이제야 알았다.

"진짜?"

"저도 연습하러……."

"야, 야! 어딜!"

지영은 잽싸게 송지원의 손을 피해 밖으로 튀려 했지만 서 있던 송지원이 더 빨랐다. 바로 텐트 앞을 막아서는 송지원을 보며 지영은 한숨을 쉬며 자리에 다시 털썩 주저앉았다. 슬금슬금 다가온 송지원이 지영 앞에 앉더니, 딱 예상했던 한마디를 했다.

"끝나고 보러가자. 약속 잡아놔."

"부담스러워……."

"잡아놔."

"누나, 끝나면 시간이……."

"잡아."

"……."

카리스마 넘치는 송지원의 말에 지영은 에휴, 한숨을 내쉬고는 폰을 꺼내 유은재에게 메시지를 넣었다. 그 이후 지영은 촬영이 재개될 때까지, 송지원에게 아주 탈탈… 영혼까지 털리고 나서야 풀려날 수 있었다.

송지원이 유은재를 만난 건 며칠이 더 지나서였다. 이유야 그 날 촬영이 늦게 끝났기 때문이다. 그 이후는 송지원이 바빴다. 그래서 둘이 만난 건 장재원 감독이 마지막 신을 앞두고 3일간 배우들에게 감정 충전 시간을 줬을 때였다.

토요일.

지영은 직접 유은재를 데리러 갔다.

서소정이야 이미 지영이 말했기 때문에 군말 없이 지영의 부탁을 들어줬다. 이제 중1. 한창 이성에 대한 감정이 생길 때 라는 걸 알기 때문이다. 물론 그녀는 지영이 그 말을 했을 때 엄청 놀랐었다.

송지원이나 레이샤는 나이가 많다 쳐도, 칸나나 임유나, 그 외에 많은 여배우들과 걸 그룹 멤버들이 SNS를 통해 지영과 만나기를 소망했지만 지영은 아예 관심조차 가지지 않았기 때 문이다.

그런 지영이 여자 친구가 생겼다니. 서소정은 정말 깜짝 놀 라면서도 처음으로 지영이 그제야 제 나이 또래의 애처럼 느 껴졌다는 말을 했었다.

약속 장소에 도착해 조금 기다리자, 골목 어귀에서 모자를 눌러쓴 유은재가 손수 휠체어를 밀며 나타났다.

"어, 나왔다. 저기 휠체어 탄 애 맞지?"

"맞아요. 데려올게요."

"같이 가자."

"네."

주의를 두리번거리던 유은재가 지영이 나타나자 활짝 웃었다. 또래 나이 애들처럼 선크림이나 비비크림을 바르지 않은 맨 얼굴이지만 지영은 그 미소를 보자 며칠 간 이어진 촬영으로 메마른 정신에 시원한 비가 내리는 느낌을 받았다.

이런 기분 좋은 미소.

아마 지영이 유은재에게 끌리는 가장 큰 이유 중에 하나일 게 분명했다. 휠체어가 있어 아예 작정하고 밴을 끌고 왔기 때문에 골목 근처에 있던 사람들의 시선이 몰렸지만 지영은 전혀 신경 쓰지 않았다.

서소정의 도움을 받아 유은재를 밴에 태우고, 휠체어도 싣고 안으로 올라타자, 유은재가 조금은 걱정스러운 표정으로 입을 열었다.

"안녕하세요."

유은재는 지영보다 이제 막 운전석에 올라탄 서소정에게 먼저 인사를 했다. 그런 유은재의 인사에 서소정도 정말 밝은 얼굴로 인사를 받아줬고, 그 이후에야 유은재의 시선은 지영에게 넘어왔다.

"안녕?"

"응, 안녕. 아침은?"

"먹었지. 그런데 괜찮아? 막 사진 찍혀서 스캔들 나면 어떡해?"

"나면 나는 거지, 뭐. 나 그런 거 전혀 신경 안 써."

"그래도 나 때문에 괜히… 그럼 곤란하잖아."

"알려지면 나보다 은재 니가 더 곤란해질 거야. 나중에 나 원망하기 없기다."

"으흐흐. 내가 그런 쪽으로는 면역이 좀 있지, 또. 흐흐흐."

어디서 본 건지, 요즘은 저렇게 대놓고 헤픈 웃음을 흘리는데 그게 또 묘하게 중독성이 있었다. 지영이 피식 웃고 말자 유은재는 차안 내부를 둘러봤다. 보라매에서 새로 뽑아 준 지 몇 달 안 되는 최신형이라 정말 없는 게 없는 차 안이지만 유은재의 흥미는 끌지 못했나보다.

그렇게 두런두런 얘기를 나누다 보니 어느새 송지원과 만나기로 한 교외의 카페에 도착했다. 송지원은 오늘을 위해 평소 친한 연예인들과 찾는다는, 예약제 카페를 약속 장소로 잡았다. 이곳의 카페 마스터도 연예인인데, 조용히 차를 즐길 곳이 없어서 직접 카페를 차렸다고 송지원이 얘기해 줬다.

이른 시간이라 그런지 카페는 한산했다. 먼저 도착한 송지원이 카페 마스터로 보이는 여성과 얘기를 하다가 지영을 보곤 손을 흔들었다. 가까이 다가가니 등지고 있던 카페 마스터가 일어났다.

"어머, 안녕하세요. 유선화예요."

"안녕하세요, 강지영입니다."

"호호, 반가워요. 이야, 지원이 덕분에 이렇게 대스타를 다 만나게 되고, 참 영광이에요."

"아닙니다."

지영은 그 말에 그냥 조용히 고개를 저으며 대답했다.

유선화.

말은 저렇게 해도 한 시대를 풍미했던 여배우였다. 특히 90년대 후반은 그야말로 유선화의 시대였다고 해도 과언이 아니었다. 그런 배우에게 이런 말을 듣는 건 솔직히 조금은 불편했다.

"언니 그만해. 지영이 그런 거 질색하는 애다."

"어머? 그러니? 그럼 먼저 얘기를 해줬어야지, 이것아."

"그럴 줄 내가 알았나?"

"하여간 이것은 그 나이 먹고도 장난기가 가시질 않니. 언니는 가 있을 테니까 주문할 때 불러. 세 사람은 마음 편히 있다 가요. 오늘은 아예 예약 안 받았으니까요."

유선화가 떠나가자 지영은 다시 유은재를 의자에 앉혔다. 도움에 익숙한 유은재는 지영의 손길에도 별로 큰 거부감을 느끼지 않았고, 그런 두 사람을 송지원은 흥미로운 시선으로 바라보고 있었다.

이후 서소정이 얘기 나누라며 조용히 자리를 비켜주자 송지원이 싱긋 웃으며 먼저 인사를 했다.

"안녕?"

"안녕하세요. 유은잽니다."

꾸벅, 인사가 오기 무섭게 모자를 벗고는 고개를 숙이며 마주 인사하는 유은재. 지영은 슬쩍 유은재의 표정을 살펴봤다.

'역시……'

배포가 크다 할까?

유은재는 천하의 송지원을 눈앞에 두고도 전혀 긴장한 기색이 아니었다. 억지로 긴장하지 않은 척하는 게 아닌, 진짜 긴장 자체를 안 했다. 송지원도 그걸 느꼈는지 흥미가 가득 돌 때나 나오는 미소를 입가에 걸고 있었다.

"지영이 여친이라며?"

"네. 언니는 의남매? 그렇다고 들었어요."

"응, 그럼. 보호자 겸 의누나가 바로 이 언니란다. 우후후."

"그럼 우리 지영이 잘 부탁해요."

꾸벅.

예상치 못한 소리라 그랬을까? 지영은 입을 쩍 벌렸고, 송지원도 그런 얼굴이 됐다가, '꺄하하하!' 대소를 터뜨렸다. 그만큼 유은재의 말은 누구도 예상치 못했던 말이었다. 강지영을 잘 부탁한다고?

알아서 잘하다 못해 산전수전 공중전까지 겪은 노회한 사람처럼 구는 강지영을? 지영을 아는 사람이면 거의 대부분 송지원처럼 웃음을 터뜨렸을 거다. 심지어 지영도 입꼬리가 실룩이고 있을 정도였다.

　"아하하. 아하, 아이고… 은재 너 재밌는 애구나?"

　"아… 웃긴 얘기였나요? 남자 친구니까 잘 부탁한다고 말했던 건데. 이거 되게 많이 고심했던 대사예요."

　"푸흡. 그랬니?"

　"네, 며칠 전에 얘기 듣고 되게 고민 많았거든요. 지영이는 애교도 없고 너무 재미없는 애니까 이런 말은 죽어도 안 할 것 같아서요. 그러니 저라도 해드려야 할 것 같았어요."

　"꺄하하!"

　송지원은 또 배를 잡고 웃어댔다.

　"끙……."

　지영은 그냥 앓는 소리를 내고 말았다.

　배시시, 유은재는 지영을 보며 환한 미소를 지었다.

　"나 잘했지?"

　지영은 대답 대신 고개만 끄덕였다.

　겨우 웃음을 멈춘 송지원이 뭐 마실 거냐고 물었고, 각자 대답을 듣고 직접 움직여 카운터에 가서 주문을 했다. 차가 나오길 기다리는 동안, 지영은 송지원에게 조용히 눈빛으로 신호를 보냈다.

솔직히 송지원이 막무가내로 유은재를 만나게 해달라고 했지만 원래라면 만나게 해줄 지영이 아니었다. 첫날이야 상황을 넘어가려 대충 얼버무렸지만 며칠 동안 생각을 좀 다시해보니 둘을 만나게 해서 나쁠 게 없어 보였다.

정확하게는 송지원에게 부탁할 게 있었다.

그래서 지영은 오늘 자리를 만들었다. 좀 전의 눈빛은 이제 슬슬 시동을 걸어달라는 의미가 담긴 눈빛이었고, 눈치 하나는 기가 막히게 빠른 송지원은 그걸 바로 알아들었다.

"은재라고 했지?"

"네, 언니."

"지영이랑은 같은 반이고?"

"네, 짝이에요."

"아아… 그럼 어떻게 만났냐는 질문은 의미가 없고. 아, 미안. 이 언니가 지영이 일이라면 아주 관심이 많아요. 후후. 여자 친구가 생겼다고 솔직하게 털어놓기에 대체 어떤 아이가 이 목석같은 아이를 움직였는지 궁금했어. 혹시 칸나라고 아니?"

"죄송해요. 모르는 이름이에요."

지영도 몰랐던 유은재가 칸나를 알 리가 없었다. 휴대폰을 받은 것도 중학교 올라오기 얼마 전이라고 하고, 또 그 폰으로는 인터넷 검색 같은 건 아예 무리였다. 골동품에 속하는 폰이기 때문에 진짜 느려 터졌기 때문이다.

"그런 애가 있어. 일본에서 아주 잘나가는 앤데. 아, 혹시 무신은 봤니?"

"아니요."

이제 5월이 조금 넘었다.

'Mushin: The birth of hero'은 '리틀 사이코패스'보단 못한 1,700만을 넘기고 극장가에서 내려왔다. 하지만 고아원에서 살고, 다리도 불편한 유은재가 영화관을 찾아가서 'Mushin: The birth of hero'을 봤을 가능성은 거의 없었다.

"못 봤구나. 나중에 언니가 보여줄게. 여튼, 거기에 나오는 일본 배우가 하나 있어. 뭐, 은재랑 비교해도 꿀리지 않을 정도로 예쁜 애거든? 걔가 지영이한테 그렇게 들이댔는데도 지영이는 꿈쩍도 안 했거든."

"아⋯ 진짜요?"

"응, 난 무슨 돌부처인줄."

"꺄르르."

손으로 입을 가리고 고양이처럼 웃는 유은재의 모습은 지금껏 봐왔던 그 어떤 때보다 편하고, 재미있어 보였다. 그리고 전체적으로 느껴지는 느긋함. 여유 등. 학교에서는 김은채 때문에 항상 적당히 긴장하고 있던 유은재였기 때문에 지영은 오늘 나들이가 좋은 선택이었음을 알 수 있었다.

"제가 이 정도예요."

얍.

팔을 들어 올려 있지 않은 근육 자랑을 하는 유은재의 모습에 송지원은 묘한 미소를 머금었다. 그러곤 지영과 유은재를 몇 번이나 번갈아봤다. 그녀의 행동에 지영은 오랜만에 입을 열었다.

"왜 그렇게 봐요?"

"아니, 얘도 네 과인가 싶어서."

"제 과요? 아, 아아. 비슷할걸요."

"헐, 진짜?"

"네."

지영은 깔끔하게 인정했다.

지영이 보기에 유은재도 흔히 말하는 천재과다. 그것도 노력형이 아닌, 타고난 천재다. 예술중이니 타고난 재주 한 가지가 있어야 하는데 유은재의 경우는 글이었다. 그녀는 초등학교 4학년 때부터 각종 굵직한 대회는 전부 금상을 거머쥐었다고 했다. 다리가 불편하고, 형편은 더 불편하니 그녀가 할 수 있는 게 공부나 책 보는 게 전부였다고 쳐도 그녀에겐 천부적인 자질이 있었다.

그녀가 썼다는 글을 몇 편 찾아본 지영도 고개를 끄덕였을 정도였다. 그러니 확실히 유은재도 지영과 같은 과였다.

"천재는 천재끼리 끌린다더니. 개소린 줄 알았는데 실사판이 요기 있네?"

"개소리가 뭐예요, 개소리가."

지영이 핀잔을 주자 송지원은 차를 한 모금 마시곤 피식, 지영에게 아주 제대로 썩소를 날려줬다.

"니 과잖아? 욕 듣고 배울 것도 아닌데 뭐 어때?"

"에휴. 은재야, 이 누나랑 친하게 지내는 건 고민 좀 해봐야겠다."

지영이 그렇게 말하자 유은재는 배시시 웃으면서 고개를 저었다. 그러곤 자기도 차를 한 모금 마시고, 큼큼 목을 가다듬더니 지영과 송지원을 한 번씩 바라본 다음 입을 열었다.

"오늘 저는 왜 보자고 하셨어요?"

"응?"

"저를 보자고 한 이유가 있으실 것 같아서요."

"……."

유은재의 말에 송지원은 그녀를 빤히 바라보더니, 이내 고개를 절레절레 저었다.

"야, 확실히 니 과가 맡긴 맞나보다. 눈치도 더럽게 빠른 걸 보니."

"그렇다고 했잖아요, 제가."

"그래도 이 정도일 줄은 몰랐지, 큼큼."

"흐음."

작은 콧소리와 함께 자세를 바로 하는 송지원.

"본론으로 들어가자니 바로 들어갈게."

"네."

이제야 평소 학교에서의 유은재같았다.

"나랑 지영이랑 재단을 하나 설립할 거야. 복지 재단 형태로 갈 건데, 법적인 절차만 다 끝나면 은재 너희 고아원부터 후원할 생각이야. 네 생각은 어때?"

"제 의사를 묻는 건가요?"

"그래, 네 의사를 묻는 거야."

"왜 원장님한테 안 가시고요?"

"평범한 경우라면 바로 원장한테 갈 수 있지. 그런데 지금은 평범한 경우가 아니잖아? 대상 고아원이 은재가 있는 곳이다 보니 당연히 너의 기분이 먼저지."

"흐음……."

유은재의 시선이 지영에게 슬쩍 넘어왔다가, 다시 송지원에게 건너갔다. 사실 이게 오늘 목적이라 지영은 침이 마르는 걸 느꼈다.

"제가 자존심에 상처 입을까 봐 그러시는 거죠?"

"맞아. 섬세할 나이잖아? 남자 친구가 돕는 거지만 그게 너에게 상처로 남을 수도 있겠다는 생각이 들었어."

"그럼 저는 괜찮아요. 일단 제 자존심 따지기에는 저희 원 상황이 너무 안 좋아요. 애들도 몇 없는데, 하루 세 끼도 마음껏 못 먹거든요."

"그 정도였니?"

"네, 원장님이 매일 나가 일하시기는 하지만 일곱이나 되는 애들 키우는 게 어디 쉽나요?"

정부 보조금이 나가긴 할 것이다.

그리고 정체불명의 후원자도 있다고 들었다.

'그런데 그렇게 어렵다고?'

이해가 안 가는 부분이었다.

지영이 송지원을 바라봤지만 그녀는 생각에 잠겨 있었다.

"알았어. 언니가 일단 먹는 건 오늘 해결해 줄게. 그런데 은재야."

"네."

"언니랑 약속 하나 하자."

"들어보고요. 제가 못 지킬 약속일 수도 있잖아요."

"아… 진짜 누가 같은 과 아니랄까 봐. 어떻게 똑같냐, 둘이? 맥 빠지게. 됐다. 이런 약속 안 해도 은재 넌 알아서 잘하겠다."

"어떤 약속인지 알 것 같아요, 알았어요. 안 그럴게요. 손가락도 걸어요?"

은재의 밝은 미소와 함께 나온 말에 송지원은 그냥 이번에도 피식 웃고 말았다. 그녀도 제법 사람 보는 눈이 있고, 겉과 속을 살펴볼 줄도 알았다. 그녀가 느끼기에 지금 유은재는 결코 당당한 척하는 게 아니었다.

정말 그녀는 어려움 앞에서 자존심을 부리는 건 미련하고, 모자란 짓이라고 인지하고 있었다. 개인의 감정 희생으로, 단체가 배부를 수 있다면? 게다가 조건조차 없었다. 모르는 사람도 아니고, 남자 친구의 의누님이라는 사람이 보여주는 호의다.

유은재, 그녀에게는 거절할 이유가 하나도 없었다.

"지영아, 이런 얘기는 그냥 나한테 해도 돼."

"…그래, 앞으로는 그렇게."

"이야……."

지영의 대답에 송지원이 탄성을 흘리며 놀랐지만 두 사람은 그냥 서로 얼굴을 바라보다 피식 웃었다. 웃음이 끝나는 순간 송지원이 기지개를 쭉 켠 후 말했다.

"자, 그럼 얘기 끝났네? 은재야 밥 먹으러 가자!"

"네?"

"언니 배고프다, 얼른 밥 먹으러 가자. 이 근처에 끝내주는 데 있거든! 언니가 벌써 섭외해 놨으니까 얼른 가자. 자자, 고고!"

"으흐흐."

송지원의 행동이 웃겼는지 은재는 웃으면서 네, 하고 밝게 대답했다. 타이밍이 기가 막히게 그 순간 햇빛이 들어오면서 은재의 얼굴을 밝혔다. 햇빛을 머금은 환한 미소. 지영은 그런 그녀의 미소를 보면서, 저도 모르게 손을 뻗어 머리를 쓰다듬었다. 기분 좋은지 눈을 감으며 그 감촉을 느끼는 은재. 그 상태로 머리를 몇 번 털더니 다시 눈을 떴다.

"……."

"……."

잠시의 침묵 뒤 서로 눈이 딱 마주쳤지만 아쉽게도 송지원이 있었다.

"거기까지. 내 눈에 흙이 들어가기 전까진 안 된다!"

피식.

그 쩌렁쩌렁한 외침에 지영은 손을 내렸다.

아쉽다는 생각을 하면서.

chapter28
피지 못한 순결한 처녀들

"헉헉!"

어깨, 그리고 허벅지에서 아직도 불에 타는 통증이 느껴졌지만 임은이, 그녀는 멈추지 않았다. 아니, 멈출 수 없었다. 그녀는 과다 출혈로 인해 한발 들여놓은 죽음의 문턱에서 본능적으로 자신을 도와줄 수 있는 사람을 찾았다.

살고 싶었으니까.

그렇게 겨우 그 따위 놈들한테 죽을 수 없었으니까.

그래서 정은정을 찾았다.

희미해져 가는 의식의 끈을 겨우 부여잡고 정은정의 저택까지 도착은 했지만, 그 이후 기억은 희미했다.

그 이후로 몇 날 며칠이 더 지났고, 그녀는 정은정의 동생 정은진의 극진한 간호 아래 죽음에서 되돌아왔다.

그렇게 되돌아왔을 때 들은 충격적인 말.

'빌어먹을⋯⋯!'

헤이쵸놈과 다케시가 찾아와 정은정을 끌고 갔다는 말을 정은진이 담담한 표정으로, 그러나 눈빛에는 원망이 담긴 상태에서 해줬다. 막 의식을 차렸지만 그녀는 정은진의 말을 곧바로 알아들었다. 그리고 하루가 채 지나기도 전에 정은진의 만류를 뿌리치고 저택을 빠져나왔다.

까드득!

이빨이 절로 갈렸다.

왜?

왜 찾아가서는!

죄 없는 정은정이 형무소로 끌려가게 만들었을까. 그녀는 처음으로 자신의 선택에 대한 후회를 절절하게 느꼈다. 그래서 지금 그녀는 양부의 임무도 무시한 채 서대문형무소로 향하고 있었다. 악랄하다는 말로는 부족할 정도로 악명이 자자한 서대문형무소. 한 번 끌려가면 죽어야 나온다는, 극악한 고문의 장소. 그곳은 죄를 지은 자들을 가두는 옥이 아니었다. 사람을 죽이기 위해 가두는 옥이었다.

동지와 접선해 두 정의 권총과, 대검 세 개를 입수했다. 그걸로는 모자랄 것 같아 은장도를 여섯 개나 더 몸에 숨겼다. 소총이나 저격총이 있으면 좋겠지만 혼자서 시작한 작전이라 무게 때문에 들고 뛰는 건 무리였다. 게다가 몸도 안 좋았다.

'버텨, 버텨줘. 제발⋯⋯. 은정아.'

"헉헉!"

시간이 없었다.

그녀는 어깨는 물론 허벅지에서도 피가 배어나오는 걸 느꼈다. 겨우 아문 상처가 다시 터진 것이다. 그럼에도 그녀는 멈출 수 없었다. 선천적으로 병약한 정은정이 서대문형무소의 악랄한 고문을 버티는 건 무리였다. 그런 몸으로는 짧으면 이삼일, 길어야 일주일을 버티지 못할 것이라고 생각했다.

이전 생에서 쌓아온 경험들이 지금의 단독 작전은 그야말로 미친 짓이라는 평가를 내려줬지만, 그녀는 작전을 멈출 수 없었다. 이 생에 태어나 처음으로 마음을 턴 친구였다. 그 친구가 자신 때문에 끌려갔고, 머지않아 고문으로 인해 생을 마감할 거라는 확신까지 있는 상태였기 때문에 더더욱 멈출 수 없었다.

"후욱⋯⋯."

한참을 달리다가 멈춘 임은이는 골목의 어둠에 숨어 잠시 숨을 골랐다. 제대로 아물지 않은 상처도 상처지만, 정신적인 회복이 아직 안 된 상태였다. 정은진에게 강력한 진통 효과가 있는 약첩을 받아서 먹고, 바르고까지 했는데도 통증은 상당한 수준으로 뇌리로 전달되는 상태였다.

그냥, 아팠다.

열상(熱傷)과 관통상(貫通傷)이 주는 통각은 매우 위험한 수준이라 판단됐다.

입술을 질끈 깨물고 조심스럽게 옷을 풀어 헤친 그녀는 받아 온 약을 입에 넣어 오물거렸다가 뱉어서 상처에 발랐다. 침에 개어진 약재가 상처에 닿자 찌르르한 감각이 전신을 내달렸고, 그와 동시에 부르르 경련을 일으켰다.

"우욱……."

그녀는 손바닥으로 입을 막고 신음을 삼켰다.

상상 이상의 통증. 입안에 남아 있는 약재의 잔재는 침으로 모아서 꿀꺽 삼켰다. 약재 특유의 냄새에서 그녀는 정은진이 건네 준 약첩의 재료가 뭔지 알 수 있었다.

양귀비(楊貴妃).

강력한 중독성을 함유한 진통제였다.

하지만 그녀는 정은진의 선택에 박수를 보내고 싶었다. 어차피 기회는 없었다. 정은정을 살리려면 당장에라도 움직여야 했고, 죽음의 문턱에서 겨우 돌아온 몸을 움직이려면 양귀비를 주재료로 정제한 진통제만큼 좋은 것도 없었다.

피식.

'어차피 두 번 기회는 없으니까……'

실패하면 그녀 자신의 목숨도 끝장이다. 더불어 정은정의 목숨도 같이 끝장난다. 그건 장담할 수 있었다. 그러니 악마의 꽃이 주는 힘을 받아서라도, 지금은 움직여야 할 때였다. 5분. 그 정도 지나자 통증이 다시 천천히 가시기 시작했다. 하지만 동시에 나른한 감각이 정신 깊숙한 곳에서 번져 나오기 시작했다.

마(魔)의 약(藥), 양귀비 효과가 제대로 나타나기 시작한 것이다.

하지만 그녀는 그 악마의 약에 굴복하지 않았다. 옷을 다시 고쳐 입은 그녀는 천천히 자리에서 일어났다. 쩩, 쩨액, 찌르르륵! 풀벌레 소리가 들려왔다. 새벽의 한성은 숨죽인 것처럼 고요했다. 비밀 장소인 방앗간 창고에서 서대문형무소까지는 끝에서 끝이라, 걸어서 1시간 정도. 그러나 그녀는 조심스럽게 숨어서 이동한지라 아직 반도 못 온 상태였다.

"후우, 후우, 후우."

들숨과 날숨으로 다시 호흡을 정비한 그녀는 자리에서 천천히 일어나 다시 움직이기 시작했다. 상처에서 오던 통증이 죽으니, 그나마 좀 움직일 만했다. 움직이기 시작하니 몽롱하던 정신도 깨기 시작했다. 정신이 깨자 다시금 감각이 날카롭게 섰고, 주변을 둘러보지 않아도 청각 정보가 알아서 들어오기 시작했다.

그렇게 다시 30분 정도 이동하고, 쉬고, 다시 30분을 이동했을 때 저 멀리 악마성의 위용을 보이는 형무소의 모습이 보이기 시작했다. 그녀는 그 거리에서 다시 휴식을 취했다. 가방에 싸온 주먹밥으로 배도 채웠다. 허기가 지진 않지만, 격렬하게 몸을 움직이는 데 가장 좋은 건 배가 든든해질 정도로 뭔가를 섭취해 주는 게 최고라는 걸 이전의 삶을 통해 그녀는 아주 잘 알고 있었다.

그리고 다시 약을 바르고, 소화는 물론 통각이 마비되기를 기다렸다.

다시 20분.

최고의 몸 상태는 아니지만, 과다하게 섭취한 약으로 인해 각성 상태가 아주 제대로 찾아왔다.

*　　　　*　　　　*

사사사사.

쉭!

수풀 간드러지는 소리와 함께 시꺼먼 그림자가 벽을 향해 내달렸고, 도착하는 순간 담 위 철조망에 모포를 내던져 덮고는 순식간에 타고 넘어갔다. 탁. 임무 수행비 전체를 털어 구매한 지도를 통해 정은정이 잡혀 있는 곳은 알아냈다. 하지만 지금 당장 넘어간 곳에서 거리는 상당히 먼 상태, 엄중한 경비태세를 뚫고 가야 하는 상황이지만 그녀의 눈빛은 의지와 독기로 똘똘 뭉쳐 새파랗게 빛나고 있었다.

첫 번째 건물을 돌아 뒤로 숨은 뒤, 다시 두 번째 건물로 들어섰다. 그리고 그 순간, 서대문형무소가 그 가진바 진면모를 드러냈다.

"끄아아악!"

쇠창살이 작게 난 창 사이로 고통에 몸부림치는 사내의 비명이 들려왔다. 그리고 그 비명 속에는 짙은 분노와 살심이 느껴졌다.

"빠가야로! 니놈들 접선 위치를 불란 말이야! 그럼 평생을 떵떵거리고 살게 해준다니까!"

한국어를 제대로 배운 일본 놈이 그렇게 외치는 소리도 들려왔고, 뒤이어 '퉤! 죽여라! 이 더러운 악마 놈들아!' 굴복하지 않은 정신이 담긴 대답이 들려왔다. 그녀는 입술을 꾹 깨물었다. 이 나라, 이 땅은 꼭 이렇다.

굉장히 광활한 대지를 가졌으면서도, 뺏기고, 또 뺏기고. 결국에는 작은 반도 끝만 겨우 차지할 정도만 지켜냈으면서도 민족의 핏줄에 담긴 혼은 불굴(不屈)이었다. 물론 나라를 팔아

먹는 민족 반역자들도 있지만 그런 개자식들보단, 나라를 지키거나 되찾으려는 불굴의 의지를 품은 이들이 훨씬 많았다.

양부 또한 그렇고.

자신 또한 그렇다.

정은정, 유관순. 그 두 친구 또한 마찬가지다.

그 외에도 아주 많았다.

빼앗긴 영토를 되찾으려는 열사들이.

그녀는 수없이 많은 삶을 이 땅에서 살았지만, 그러한 정신을 대대손손 계승하는 이유까진 알아낼 수 없었다. 그저, 선택받은 핏줄이라고 생각할 뿐이었다.

'미안합니다.'

그렇게 속으로 사과를 한 뒤 그녀는 다시 움직였다. 쉭쉭! 시꺼먼 그림자가 슉슉 지나가지만 킬킬거리면서 잡담이 한창인 일본 순사들과 제국군은 그녀의 존재를 눈치채지 못했다. 형무소 담을 넘고 30분 넘게 움직이고, 쉬고, 다시 10분을 움직인 끝에 정은정이 갇혀 있을 옥사(獄舍)에 도착했다.

그리고 담 쪽에 몸을 숨김과 동시에 모골이 송연해지는 비명이 들려왔다.

"아아아악!"

"죽어! 죽어!"

촤악! 촤아악!

리듬감 있게 죽으란 단어와, 채찍이 몸을 후려갈기는 소리가 엇박자로 그녀의 귀에 꽂혔다. 으득! 입술을 질끈 깨문 그녀는 솟구쳐 올라오는 열불을 다스렸다. 침착해야 했다. 이제부터는 진짜, 진짜 침착해야 했다.

촤아아악!

빠각!

"끄어……."

채찍 소리와, 그리고 둔탁한 소리가 동시에 들렸다. 그 소리 뒤에 들려온 영혼이 빠져나가는 신음에 몸이 본능적으로 움찔거렸다. 수많은 생을 통해, 저렇게 되면 그 뒤가 어떻게 되는지 본능적으로 알 수 있었다.

죽음.

그 문턱 너머로 영(靈)은 넘어갈 것이다.

"칫, 빌어먹을. 몇 대나 때렸다고. 쯧쯧."

귀찮음이 가득한 어조로 들려온 말에 그녀는 진득한 살의를 느껴야 했지만 이 악물고 참았다. 그래서 빨리 옆으로 이동했다. 움직이는 동안, 참 많은 소리를 들었다. 낄낄거리며 노닥거리는 소리는 양반이다. 발정 난 개새끼처럼 헐떡이는 숨소리가 들리면 진짜 참기 힘들었다. 놈이 올라탄 여인이 정은정일 수도 있으니 말이다. 순찰병이 있을 테니 수풀에 일단 몸을 숨겼다. 자정이 지났는데도 아직도 안에서 저렇게 움직이는 놈들이 있는 걸 보면 작전을 개시하기엔 무리였다.

'약이……'

정은진이 건네준 양귀비즙이 담긴 약첩은 이제 딱 하나 남았다. 작전 개시 전에 쓰고 나면 딱 떨어질 양. 뒤가 없는 구출 작전이지만, 그녀는 후회하지 않았다. 오히려 지금은 자신 때문에 잡혀온 정은정을 구해야 한다는 의지만 가득한 상태였다.

그런 마음으로 그녀는 몸을 웅크리고, 숨소리도 죽인 채 한참을 기다렸다. 사방에 가득한 원념. 그녀는 보이진 않지만 그러한 모든 것들이 느껴지는 것 같았다. 십여 년 전에 지어진 이 악마성(惡魔城)에서 도대체 얼마나 많은 애국지사들의 목숨이 떨어졌는지, 세지도 못할 것이다.

그런 이곳의 공기는 탁하다 못해 귀기까지 서려 있었다.

시간은 잘도 흘렀다.

그 시간 동안 잠까지 잔 그녀는 다시 일어나, 혹시 몰라 남겨 뒀던 마지막 남은 주먹밥 하나를 먹어치우고, 약을 발랐다. 짜르르. 전류가 피부를 타고 흐르는 느낌에 몸이 부르르 떨렸지만 그녀는 이 악물고 아주 조금의 신음도 나오지 않게 조심했다. 이어서 정신이 몽롱해졌다가, 다시 개었다.

감각이 날카롭게 섰을 때, 사위는 고요했다. 하지만 그녀는 조금 더 기다렸다. 조금, 조금 더. 확신이 설 때까지 수풀을 나서지 않았다. 마음은 급하지만 그 조급함이 모든 일을 그르칠 수 있기 때문이다.

10분 쯤 지나 인시(寅時) 초쯤 되었을 때나 확신이 섰다.

이제는 다들 곯아떨어졌을 시간이었다.

사라락.

옥사의 후문은 안에서 단단히 걸어 잠겨 있었지만 이 정도는 식은 죽 먹기였다. 얇은 침 하나가 구멍으로 들어갔고, 1분이 지나기도 전에 철컥 소리와 함께 열렸다. 바로 문을 열지 않고 문에다가 귀를 조심히 댔다. 그리고 안에서 들려오는 소리가 없자 아주 조심스럽게 문을 연 그녀는 살금살금 고양이처럼 걸어 모퉁이로 쏙 들어갔다.

'은정이는… 아마 간수 방 근처에 있을 거야.'

인정하긴 싫지만 정은정은 이미 순결을 잃었을 것이다. 청초하고 신비한 매력이 있는 은정이를 이 추잡한 개자식들이 가만히 뒀을 리가 없었다. 그러니 은정이는 아마 간수 근처에 갇혀 있을 거고, 시시 때때로 놈의 성욕을 푸는 '도구'가 되어 있을 것이다. 안타깝고, 절대 아니길 바라지만, 그렇게 흘러가지 않았을 가능성은 거의 없었다.

그녀는 이미 간수의 위치를 알고 있었다. 옥사 꼭대기 층. 즉, 3층이었다. 순찰들이 있긴 하지만 그 정도는 충분히 뚫을 수 있었다. 간혹 안 자는 놈들은 수면향을 피워 날려 보내 강제로 재웠다.

3층에 도달해 움직이는 순간, 등골이 저릿한 감각이 스쳐가는 걸 그녀는 느꼈다. 뭔가 일이 잘못 틀어졌을 때나 받곤 하던 감각이라, 인상이 점차 일그러졌다. 걸음을 멈춘 상태로 입술을 지그시 깨문 그녀는 결정을 내려야 했다.

"……."

하지만 의지는 변하지 않았다.

그래서 고민의 순간은 짧았다.

'강행.'

슥!

이전의 조심스러움은 없었다.

"다레……!"

막 문을 열고 나오던 놈이 달려드는 그녀를 보고 흠칫 놀랐다가 소리치려 했지만, 푹! 이미 그녀의 손에 쥐어져 있던 단검이 목덜미에 꽂혔다.

"크륵……."

거품 무는 소리가 나자 바로 입을 막아 벽에 기대게 하고는, 쉭쉭 주변을 살폈다. 아직은 조용했다. 저벅저벅. 이제는 대놓고 걸었다. 그리고 딱 봐도 간수장이 자고 있을 걸로 보이는 방문을 열었다.

육중한 덩치의 사내 하나가 대자로 뻗어 코를 드르렁 골면서 자고 있었다. 그 옆에 사지가 묶여 쓰러져 있는 상처 가득한 여인이 보였고, 진득하고 비릿한 냄새가 코끝을 자극했다.

파바박!

푹! 그그그극!

대화? 그런 걸 할 시간 따위는 없었다. 그대로 뛰어들어 심장에 칼날을 박아 넣고, 그대로 있는 힘껏 아래로 쭉 그었다. 이후 뽑아내자 피가 분수처럼 튀었지만 쓰러진 여인은 이미 목이 졸려 숨이 끊어져 있던 상태였다. 가랑이 사이에 보이는 하얀 자국을 보니 살인에 대한 죄책감이 조금도 들지 않았다.

탁자 위에 명부를 빠르게 끝부터 훑다 보니, 정은정의 이름이 나왔다.

3—304호.

네 번째 방.

그녀는 바로 열쇠를 챙겨 밖으로 나가 정은정이 있는 방을 찾았다.

철컥.

끼이익.

문을 열자 어둠 속에 몸을 웅크리고 있는 알몸의 여인이 보였다.

"은정아."

"……."

움찔.

그 이름에 움찔거리는 걸 보니 정은정이 확실했다. 가까이 다가가서 웅크리고 있던 정은정을 안아 세웠다. 그리고 미약한 불빛에 정은정의 얼굴을 바라본 그녀는 말을 잊지 못했다. 검은 천으로 눈을 감아 놓았고, 그 천 아래로 검붉은 피가 덕지덕지 붙어 있었다.

피눈물?

아니었다.

정은정은 안구를… 적출당했다.

으득……!

이가 갈리고, 온몸이 덜덜 떨렸다.

피에 젖은 천으로 부들부들 떨리는 손을 뻗는 순간 정은정의 입이 천천히 열렸다.

"윤수니……?"

이윤수. 그녀가 세 친구들을 만날 때 썼었던 가명이었다. 그녀는 그 이름에 입술을 질끈 깨물었다.

"응, 근데 내 진짜 이름은 이윤수가 아니라, 임은이야."

"…그렇구나. 말해줘서 고마워."

"고맙……."

대답하다 말고 울컥해 버려 그녀는 말을 끝맺지 못하고 입술을 질끈 깨물었다. 그러다 다시 천천히 천으로 손을 뻗어,

매듭에 손을 대자 정은정은 고개를 살짝 뺐다.

"흉해."

"……."

덤덤하게 나온 정은정의 말에 그녀는 결국 손을 다시 내렸다. 그녀는 하늘에 감사해야 할지, 저주해야 할지 갈피를 잡지 못했다. 이 정도 상황에서 정은정이 버틴 건 정말 기적 같은 일이었다. 하지만 이 기적을… 좋아해야 할까?

살아 있음에 안도해야 할까?

'천운이 따라도……'

정은정은 문학 서적을 읽는 게 유일한 낙이고, 유일한 사치였다. 하지만 이곳, 이 지옥을 벗어난다고 해도… 정은정은 과연 살아 있다고 할 수 있을까? 입술을 질끈 깨문 그녀는 힘겹게 고개를 끄덕였다.

좋게, 좋게 생각하기로 했다.

"여긴 왜 왔어. 위험한데."

"너 구하러. 이제 나가자."

"일본… 군이 많아. 아니야. 윤… 아니, 은이야. 너만… 나가."

"……."

끝까지 자신을 위로하는 그 말에 임은이는 정은정의 어깨에 손을 넣고, 들어 올렸다. 묵직한 무게감에 옆구리와 어깨에

서 찌릿찌릿한 통증이 다시 올라왔다. 겨우겨우 정은정을 일
으켜 세우는 순간.

"컷!"

$$* \qquad * \qquad *$$

"아……."

정은정의 탄식 소리에 지영은 의식이 활짝 깸을 느꼈다. 이
제 저 사인은 온오프 기능이 되었다. 서랍을 닫은 지영은 정
은정을, 아니, 김새연을 바닥에 내려놨다. 김새연도 주저앉은
채 숨을 몇 번이나 몰아쉬었다. 그다음에야 눈을 가린 검붉
은 천을 풀었다.

지영은 그런 김새연을 뒤로하고 영상을 확인한 뒤 바로 대
기실로 갔다. 지영이 움직이는 길목에 있던 스태프들은 지영
의 얼굴을 보곤 저도 모르게 길을 텄다.

대기실로 들어온 지영은 의자에 앉아 숨을 크게 몰아쉬었
다.

"후아……."

이번 신은 솔직히 좀 힘들었다.

체력이야 며칠 휴가로 충분했지만, 이 신이 주는 정신적인
대미지를 견디기가 힘들었다. 사실 이번 신은 픽션이 가미되

어 있었다. 실제로 임은이는 서대문형무소에 잠입하긴 했지만, 정은정이 있는 곳까지 가지도 못했다. 그녀가 갇혀 있던 감옥에서 10미터 정도 떨어진 곳에서 잡혔고, 끌려가며 한 번 스친 게 전부였다.

그리고 그 이후는 아예 못 보았다.

숨이 끊어질 때까지 말이다. 그래서 감정이 꽤 격해졌다. 특히 두 눈을 가린 천, 그건 치명타였다. 정은진이 생전에 남긴 몇 줄의 일기가 있는데, 거기에는 '결국에는 죽어 형무소를 나온 언니의 시신에는 눈이 없었다'는 구절이 있었다고 했다. 그리고 그걸 정미진에게 들은 장재원 감독은 마지막 신에 그 일기의 구절을 그대로 재현해 버렸다.

으득!

분노가 치밀어 이를 간 지영은 입술을 질끈 깨물어야 했다. 배역의 감정에 휘둘리는 건 좋지 못한 일이란 건 안다. 하지만 처음 이후로 조용하던 임은이가 격렬하게 움직였다. 이 악물고 참긴 했지만 그 결과가 지금 꽤나 후유증이 남아버렸다.

'아직은 안 되는데……'

항전하는 신이 아직 남아 있는 상태라 벌써부터 짜증이 몰려와서는 곤란했다. 게다가 유관순과 만나는 신도 남았다. 그걸 상기한 지영은 오늘 촬영이 쉽지만은 않겠다는 생각이 들었다.

지잉, 지잉.

테이블 위에 놨던 폰이 울려서 열어 보니 딱 타이밍 좋게 유은재의 메시지가 왔다.

[수업 끝! 촬영 잘하고 있어?]

[파이팅!]

그렇게 온 메시지에 지영은 유은재의 밝은 미소가 떠올랐고, 들끓던 감정이 조금은 가라앉는 걸 느꼈다. 몇백 번이나 겪어봤던 일이라 신기하진 않았지만, 그래도 이 생에 이런 사람을 만났음에 지영은 안도를 느꼈다.

정신적 가뭄에 내리는 단비를 만끽하며 지금 쉬는 시간이야. 이렇게 답장을 보내자 바로 유은재에 전화가 왔다.

—요! 남친! 으흐흐.

피식.

엄청나게 밝아진 유은재의 목소리 지영은 저도 모르게 웃고 말았다. 지영은 막 대답을 하려고 하는데 대기실로 장재원 감독이 들어왔다.

"아, 은재야, 미안. 감독님 들어오셨다."

—응! 끝나고 연락해!

"알았어, 집에 조심히 가고."

—흐흐, 버스로 가는데 뭘. 끊을게!

뚝.

폰을 다시 내려놓은 지영의 앞에 딱 장재원 감독이 앉았다. 장재원 감독은 지영을 빤히 바라봤다.

"괜찮아요?"

"네, 감정이 조금 흐트러지긴 했지만 크게 문제될 정도는 아니에요."

"다행이네요. 카메라에 잡힌 지영 씨 얼굴이 굉장히 괴로워 보였거든요. 물론 연기가 아닌, 진짜로 말이에요."

"좀 답답한 일이 있어서요."

당연히 거짓말이었다.

사실은 정은정 때문이지만 그걸 곧이곧대로 말해줄 순 없었다. 이런 거짓말은 이제 아무렇지 않게 나왔다.

"그래도 좀 걱정이네요. 휴식 시간을 좀 더 줄까요?"

"평소대로 하는 게 좋겠어요. 감정이 깨지면 다시 잡기 힘들 것 같거든요."

"좋아요, 그럼 그렇게 합시다. 삼십 분 후에 샷 들어갈게요."

"네."

장재원 감독이 나가고, 지영은 메이크업을 꼼꼼히 수정했다. 그 뒤에 의상도 다시 체크하고 하다 보니 30분은 금방이었다. 밖으로 나오니 김새연도 다시 준비를 하고 기다리고 있었다.

이미 준비가 끝났는지 촬영장의 공기는 다시 묵직하게 가라앉아 있었다.

고은성이 한쪽에 분장을 끝내고 서 있었는데, 그녀의 분위기도 묵직했다. 그리고 세트장을 바라보는, 아니, 노려보는 눈빛에는 기이한 열망이 느껴졌다.

지영이 아까 컷 사인이 난 위치에 가서 섰다.

"왔어?"

"네, 감정 어때요?"

"좋아. 지금 최고조야. 너는?"

"저도요."

솔직히 힘들지만, 그렇기에 이 신에 도움이 될 거라 생각했다.

"잘 부탁해."

"네, 저도 잘 부탁해요."

그렇게 서로 인사 후에, 다시 감정을 잡는 두 사람. 장재원 감독이 사인이 5분이 지나기도 전에 떨어졌다.

*　　　　　*　　　　　*

1층으로 내려오자 역시 주변에 놈들이 싹 깔려 있었다. 그녀는 알고 있었다. 이게 함정이었음을. 만약 그때 몸을 뺐다면 도망칠 수 있었을지도 모르지만 이제는 늦어도 너무 늦었다.

게다가 정은정을 만났고, 부축해서 1층까지 같이 내려온 상태였다.

타앙!

"컥!"

숨어 있던 일본군 미간을 뚫어준 그녀는 벽에 정은정을 기대어 놓고 바로 놈이 소지하고 있던 모든 무기를 가져왔다. 아리사카(Arisaka) 두 정과 권총 두 개를 가지고 온 그녀는 정은정의 옆에 앉았다.

"아무래도 우리 갇혔나 봐. 밖에 일본군이 지천에 깔렸어."

"거봐… 그냥 가라니까."

"이미 그때도 늦었어. 내가 이 건물 들어올 때 놈들이 움직였거든. 함정이었던 거지."

"너를 노리고… 아, 그렇구나."

정은정은 힘없지만 밝은 미소를 그리며 고개를 천천히 끄덕였다. 명석한 그녀는 자신이 끌려온 이유와 이윤수, 아니, 임은이를 엮어서 정답에 바로 다가섰다.

"독립운동하고 있었구나?"

"응, 낮에는 동지들을 만나 정보를 모으고, 밤에는 기생으로 변장해 정보를 모았지."

"멋있다."

"……."

멋있다는 말에 그녀는 말을 잇지 못했다.

그러한 삶 때문에 친구를 이 지경으로 만들었는데, 대체 뭐가 멋있단 말인가. 그녀는 지금 이 상황이 너무 화가 났다. 원망스럽고, 원통했다. 도대체 신이 있긴 한 걸까? 왜 이러한 안 좋은 것들만을 안겨주는 걸까?

멱살을 잡고 흔들면서, 진짜 물어보고 싶었다. 멱살을 잡았다고 말 안 해주면 바짓가랑이라도 잡고 애걸복걸하고 싶었다.

존재만… 한다면 말이다.

아니, 찾아내기만 한다면 진짜 그렇게라도 알아보고 싶었다.

타앙……!

타앙……!

타앙……!

갑자기 세 발의 총성이 들렸다.

정은정은 깜짝 놀라 그녀에게 더 몸을 붙였고, 임은이는 아리사카를 점검했다. 제대로 정비를 해놨는지 총 상태는 말끔했다. 그때였다.

"어이, 김정임! 투항하지?"

확성기로 들려온 다케시의 목소리에 그녀의 눈빛이 서늘하게 가라앉았다.

놈은 처음 만났을 때 썼었던 가명으로 그녀를 불렀다. 하지
만 그게 중요한 건 아니었다. 놈은 정확하게 자신이 이곳에 잠
입한 걸 알고 있었다. 놈의 집요한 성격을 보면 아마 몇 날 며
칠이고 잠복하고 있을 가능성이 컸다.

정은정을 납치한 것도 자신을 낚을 미끼로 쓰기 위함이 분
명했다.

예상은 했지만 현실이 되니 다케시, 이 씹어 먹어도 시원찮
을 새끼의 모가지만큼은 꼭 따버리고 싶었다.

하지만 나가는 순간, 아마 벌집이 될 것이다.

항복하는 척 나간 다음 총을 들어 올려도 즉시 벌집이 될
것이다. 놈을 처단하고 싶지만 이렇다 할 방법이 없었다.

"으……."

그리고 정은정도 한계였다.

대체 무슨 약물을 써서 통증을 막아놓은 건지 모르겠지만,
그 약물의 힘이 떨어지면 정은정은… 죽음의 강을 넘어간다
고 봐야 했다. 손을 뻗어 맥을 짚어봤다.

느릿하다 못해 어쩌다 한 번씩 뛰는 맥. 예상이 확신이 되
는 순간이었다.

게다가 지금 정은정은 한계였다. 천운, 기적? 말로 형언할
수 없는 이적(異蹟)이 뒤따라 지금 같이 있을 뿐이라는 걸 그
녀는 알았다.

타앙……!

깡!

총성과 함께 탄환이 철문에 부딪치는 소리가 연달아 들렸다. 시위였다. 포기하고 나오라는. 하지만 여기서 포기할 것 같았으면 들어오지도 않았다. 그리고 투항해 봐야 살려주지도 않을 놈이었다.

그러느니… 끝까지 항전(抗戰)이다.

"은이야… 그냥… 그냥 도망가……."

"너 두고는 안 가. 아니, 못 가."

"왜… 그래. 고집부리지 말고… 응? 너는… 해야 할 일이 있잖아……."

정은정의 숨이 거칠어지고 있었다.

슬슬 마지막이 온다는 뜻.

자박, 자박자박.

입술을 질끈 깨무는데 발소리가 들렸다. 조용히 다가와 보겠다는 생각이겠지만 그걸 놓칠 임은이가 아니었다.

스윽.

쉭!

탕! 탕!

퍽!

이미 소리를 통해 접근자의 위치를 알고 있었고, 쇠창살이

처져 있는 창문을 통해 정확하게 잡았다.

"칙쇼!"

다가오던 놈이 풀썩 쓰러지자 욕설이 들려왔다.

"고집… 쟁이."

"너만 하겠어."

"바보……."

그 말을 끝으로 힘없이 고개가 뚝 꺾였다. 그녀는 얼른 맥을 짚었다. 맥은 미약하게 뛰고 있는 걸 보니 의식만 잃은 것 같았다. 으드득. 소리가 날 정도로 이를 간 그녀는 이 난감한 상황을 타개할 수 있는 방법을 필사적으로 떠올리려 노력했다. 하지만 아무리 생각하고, 또 생각해 봐도 이 난국을 타개할 수 있는 방법은 떠오르지 않았다.

이제는 포위된 마당이라 혼자서 도망치는 것도 불가능한 상황.

"진입해!"

그리고 놈들도 참다 지쳤는지, 병력을 움직였다. 처걱, 철컥! 두 자루의 소총을 어깨에 건 그녀는 정은정을 끌어 유탄에 맞지 않게 1층 중간에 있는 방에 눕혔다. 그리고 다시 문 근처로 이동하려다가, 정은정을 눕혀 놓은 방으로 급히 몸을 날렸다.

콰앙!

콰웅!

비슷하나 미묘하게 다른 폭발 소리가 동시에 들려왔다. 문짝에 대고 그냥 수류탄을 몇 발씩이나 던졌고, 그 결과 육중한 철문이 우그러지며 열렸고, 일본군이 안으로 진입했다.

타다다다당!

아리사카가 불을 뿜기도 전에 92식 기관총이 불을 뿜었다.

"꺄아아아!"

1층 감옥에 갇혀 있던 조선의 여인들이 그 총성에 놀라 비명을 내질렀다. 투다다다다다다! 탄을 아주 싹 쓸 모양인지 아예 대놓고 1층 복도를 긁었다.

'생포가 목적이 아닌가……?'

다케시와 헤이쬬, 그 두 놈이라면 자신을 그냥 기관단총으로 찢어발기는 걸로 끝낼 놈들이 아니었다. 그러니 분명 생포가 목적이다. 이건 일단 자신을 숨게 만들고, 안으로 진입해서 끝장내겠다는 소리였다.

매캐한 화연이 자욱하게 밀려들 때쯤, 총성이 멎었다. 우수수 떨어지는 먼지를 그대로 맞으면서 임은이는 움직였다.

타앙!

퍽!

처걱!

타앙!

픽!

처걱!

일련의 소음처럼 권총과 소총이 순차적으로 불을 뿜고 다시 장전 상태로 돌아왔다.

"들어가! 몸으로 찍어 눌러서라도 사로잡앗!"

하잇!

광기마저 느껴지는 명령에 대답한 놈들이 안으로 달려들었다. 그녀는 이를 악물었다. 저 명령은 정말 최악의 명령이었기 때문이다. 바로 다시 움직여 탕! 탕! 처걱! 처걱! 탕! 탕! 처걱! 처걱! 무지막지한 연사로 달려드는 놈들의 가슴과 머리통에 총탄을 먹여줬다.

쉭!

아리사카를 벗어 던지고 권총을 뽑아 양측 복도를 겨냥한 채 마구 난사했다. 총탄이 육신을 꿰뚫는 소리가 계속해서 들려왔다.

타앙……!

팟!

"큭……."

어떤 총탄 하나가 팔뚝 피부를 제대로 훑고 지나갔다. 일자형 복도라 양쪽에서 진입하는데 총을 쏘는 미친놈들이지만, 거기에 욕을 하거나 어처구니없어 할 시간도 없었다.

"밀어붙여! 반드시 생포해라!"

"핫!"

이번엔 다케시의 명령이었다.

이놈은 헤이쵸와는 달리 음산함이 가득한 목소리였다.

"우아아……!"

거리가 좀 좁혀지자 아예 대놓고 달려들기 시작했다. 정말 무식한 육탄 전술이었다. 그녀는 권총의 탄을 다 쏟아부었다. 하지만 대체 몇 놈이나 동원한 건지 양 복도를 가득 막은 인의 장벽은 조금의 구멍도 보이질 않았다. 게다가 대체 무슨 짓을 한 건지 다가오는 놈들의 눈빛에 일렁이는 광기는 절대 일반적으로 보일 수 있는 수준이 아니었다.

최소로 잡아도 분명 약을 먹었을 것이다.

스릉!

허리에서 칼 두 자루를 꺼내 들기 무섭게 덩치 큰 놈 하나가 와락 몸을 날려왔다. 쉭! 뒤로 빠지면서 한 번, 놈이 바닥에 내려앉았을 때 다시 쉭! 한 번. 목젖에 두 개의 붉은 혈선이 그려졌다.

"크륵……."

픽!

가슴을 발로 걷어차자 뒤에 달려들던 놈들과 부딪혀 잠시 시간을 줬다. 하지만 복도는 일자형. 양쪽에서 달려들고 있었다.

부웅!

여인의 주먹보다도 작은 주먹 하나가 매서운 파공음을 흘리며 얼굴로 날아들었다. 고개를 당기자 코앞을 슬쩍 스쳐갔고, 그대로 손목 힘줄에 쉭! 허벅지에 쿡! 그걸 다시 뽑아서 목에도 쿡! 세 방을 놓아주자 여리여리 하지만 눈빛은 귀기가 감도는 놈이 풀썩 앞으로 쓰러졌다. 숨을 몰아쉴 틈도 없었다.

픽!

등에서 묵직한 충격이 느껴지면서 몸이 붕 떴다. 무식하게 달려들어 어깨로 그대로 들이받은 것이다. 하지만 용케도 중심을 다시 잡으려는 찰나, 이번엔 배로 군홧발이 쭉 들어왔다. 픽! 소리가 났지만 그녀는 발을 이미 휘감아 잡았다.

푹푹푹푹!

칼로 몇 번이나 허벅지를 찍은 다음 놓았지만 '아아악!' 죽는다는 소리가 들리지 않았다. 광기에 젖은 이놈들은 통각도 사라졌는지 비명조차 흘리지 않았다.

픽!

어깨에 둔탁한 충격이 다시 왔다. 뼈마디에서 올라오는 시큰한 통증에 저도 모르게 인상을 찌푸릴 때쯤 픽, 하고 고개가 휙 돌았다. 동시에 의식이 뿌옇게 흐려지고, 시야가 기울었다. 관자놀이에 제대로 들어온 한 방이 몸의 통제권을 그녀에게서 뺏어간 것이다.

"아……."

퍽!

다시 턱이 홱 돌아갔다.

풀썩 바닥에 엎어지기 무섭게 군홧발이 날아들었고, 본능적으로 그녀는 몸을 웅크렸다.

"멈춰!"

상관이라는 인식은 남은 건가?

씩씩거리지만 날아드는 발은 없었다. 쭉 갈라진 복도를 가로질러 온 헤이쵸와 다케시가 그녀의 머리채를 잡아 올렸다.

"잡았다……. 큭큭, 역시 김정임이 맞구나?"

다케시의 비웃음에 그녀는 퉤! 얼굴에 침을 뱉었지만 다케시는 고개만 슬쩍 돌려 피했다. 헤이쵸도 실실 웃으면서 잔인한 미소를 그렸고, 뒤를 향해 손을 까닥거렸다.

"선물을 주지."

"……."

그녀는 대답하지 않았다.

대신… 사지가 묶인 채 끌려오는 한 여인을 보는 그녀의 눈은 잘게 떨리기 시작했다. 검정 치마, 흰 저고리였을 개량 한복은 피에 물들어 있었고, 머리는 봉두난발인 채 끌려오는… 한 여인. 이윽고 앞에 도달했을 때 헤이쵸가 그 여인의 머리를 잡아 올렸다. 벌려진 입술에서 피 섞인 침이 줄줄 흐르고 있었다.

"어때, 멋진 선물이지?"

"어째서……"

퉁퉁 부운 얼굴이지만… 못 알아볼 리가 없었다.

'어째서……'

너마저……?

잡혀온 여인은 정은정과 함께 우의(友誼)를 나눈… 유관순 이었다.

"끄으으!"

불에 달군 인두가 허벅지를 지졌다. 살 타는 냄새가 코끝으로 들어왔다. 이 잔인한 인간들은 관처럼 만든 가죽을 허벅지에 씌워놓고 인두를 그 안으로 짚어 넣어 살을 지졌다. 그러면 연기와 냄새는 위로 올라와 얼굴 바로 앞에서 빠져나왔다. 그 농축된 냄새는 정신을 아찔하게 만들었다.

"치워."

"하!"

직접 인두로 지진 헤이쵸가 휘하 군인이 가죽을 치우고, 그 위에 물을 뿌렸다. 찬물이 허벅지로 쏟아지면서 고통에 몸부림치면 지쳤던 의식이 어느 정도 돌아왔다.

"닦고 약."

"하!"

다시 놈의 명령에 약통을 들고 그 위에 친절하게 발라주기 시작했다. 사흘? 나흘? 아니, 그것보다 훨씬 오래된 것 같았다. 창문이 없어 빛조차 통하지 않은 고문실에서 그녀는 기절했다가, 깼다가를 반복했다. 헤이쵸와 다케시, 이놈들은 그녀가 무너지는 걸 원치 않았다.

그래서 고문을 가하고, 다시 약을 발라줬다.

그것도 아주 잘 듣는 약을.

그러면서도 이놈들은 또 아무것도 묻지 않았다. 그냥 정해진 시간에 들어와 고문을 가하고, 상처를 치료해 주고 나갔다. 절대로 그녀가 죽을 만큼의 고문도 가하지 않았다.

'그만 가지고 놀아……'

그러한 일련의 행동들이 주는 의미는 아주 명백했다. 그녀가 스스로 굴복할 때까지 기다리는 것이며, 그 기간 동안 철저하게 농락하고, 가지고 놀겠다는 의미였다.

"반대쪽."

"하!"

헤이쵸의 말에 가죽이 이번엔 다른 허벅지에 씌워졌고, 그 끝은 다시 얼굴 바로 앞으로 왔다. 사지를 아예 통짜 철 의자에 결박해 몸부림치는 것도 허용되지 않았다. 물론 손발을 풀어준다고 해도 임은이는 이미 기력이 쇠하고, 쇠해져 있는 상태였다. 강제로 음식과 당을 꾸역꾸역 밀어 넣어 체력에는 문제가 없지만 정신은 이미 깊은 수렁에 천천히 빠져들고 있었다.

지이이익.

인두가 화롯불에 들어가며 그녀에게서 묻은 땀과 피가 기화를 일으켰다. 촤악! 감기던 눈이 다시 찬물 세례를 받고 강제로 떠졌다. 이놈은 고문 중에는 절대로 기절하는 것도 허용하지 않았다.

"아직 안 끝났는데 왜 이래, 한두 번 당해?"

"……."

평소라면 이죽거리기라도 했을 텐데 지금은 그럴 여력 자체가 없었다. 쉬고 싶었다. 그녀의 철인 같던 정신력은 이미 몇 번째인지 세지도 못할 고문에 이미 죄다 깎여 나가 있었다. 고문이 끝나고 기절하면 다시 어느 정도 회복되지만, 다시 가해지는 고문에 또 바닥으로 뚝 떨어졌다.

덜그럭거리는 소리와 함께 새빨갛게 달궈진 인두가 눈앞에서 왔다 갔다 하며 열기를 풍겼다.

"자, 즐겨보라고."

"……."

으득…….

그녀는 이를 악물었다.

헤이쵸는 그런 그녀에게 싱긋 웃어주더니, 가죽 안으로 인두를 집어넣고, 내리눌렀다. 치이이이익! 달궈진 인두가 그녀의 피부를 순식간에 태웠다.

"그으으으……! 으아아……!"

그나마 자유로운 목을 마구 흔들며 고통에 몸부림치자 헤이쵸는 그제야 큭큭큭거리며 만족스러운 웃음을 흘렸다. 그 비열하고, 잔인한 웃음소리는 아찔한 통증에 시달리는 그녀의 귓속으로 들어가지도 못했다.

"으아……!"

살이 타는 냄새가 바로 얼굴 앞에서 뿜어졌다.

타인이 아닌, 자신의 살이 타는 냄새. 웬만한 정신력으로는 버티지도 못했을 것이다. 뿌득! 얼마나 이를 갈았는지 어금니 하나가 결국 쪼개지는 소리가 들렸다. 의식이 다시 희미해졌다. 멍해진 의식 사이로 헤이쵸의 목소리가 들려왔다.

"오늘은 여기까지. 상처 치료하고 밥도 제대로 먹여."

하!

군인이 대답하는 소리를 듣는 순간, 그녀의 의식은 새까만 어둠에 잡아먹혔다.

*   *   *

몽롱하다 못해 어지러운 정신으로 다시 눈을 떴을 땐, 이번 엔 다케시가 앞에 서 있었다.

"잘 잤나, 김정임?"

"……."

강제로 밥을 먹이고, 강제로 약을 투여당해서 죽고 싶어도 죽지 못하는 몸이 되었다. 자결도 못 하게 입에 재갈을 물렸고 수면제까지 투여했다. 최악! 대기 중이던 일본군이 얼굴에 찬물을 뿌리자 뿌옇던 의식과 시야가 강제로 되돌아왔다.

"켁켁!"

"오늘은 좋은 소식을 전해주러 왔지. 아마 들으면 흥미 좀 생길거야."

"크으……."

찬물이 상처에 닿자 이가 갈릴 정도의 통증이 다시 엄습했다. 하지만 임은이는 눈을 부릅뜨고, 다케시를 노려봤다. 안타까웠다. 저놈의 목을 딸 수가 없다는 걸. 그녀는 지금 자신에게 아주 작은 희망조차 없다는 걸 아주 잘 알고 있었다. 조금이라도 긍정적으로 생각해 보고 싶지만 지금 이 현실은 너무나 절망적이었다.

"한규설은 왜 찾았지?"

"……."

꿈틀.

하지만 담담한 상태였다고 해도 저 이름이 나오자 그 감정에 작은 파문이 생겼다. 어떻게 알았지? 그런 의문이 들다가 이내 알아차릴 수 있었다.

"몸종인가……."

"큭, 이 상황에서도 머리 회전만큼은 아주 빠르군. 맞아. 정은정의 몸종이 모두 불었지."

정은정의 몸종은 당시 그녀가 직접 기절시켰다. 그리고 이상재와 대화할 당시에는 방에 눕혀놨었다. 그렇지만 아마도 대화를 들은 것 같았다. 다케시는 본래는 조선인이지만, 민족을 팔아먹고 직접 스파이 짓을 하는 놈이었다.

기자라는 신분으로 말이다.

'은정아…….'

믿었던, 친히 거뒀던 몸종에게 배반당한 정은정. 그녀가 불쌍하고 안타까웠다. 어찌 이 나라는… 독립을 위해 목숨을 바치는 자에게 이리도 가혹한가? 정은정이 떠오르자 그날 기절하기 전 보았던 유관순까지 떠올랐다.

양부에게도 활짝 열지 않았던 마음을 이 생에 유일하게 터놓았던 두 사람이 비슷한 시기에 서대문형무소로, 아니, 악마성에 잡혀왔다.

도대체 이걸 어떻게 이해해야 할까란 생각이 들었다.

처절한 삶이지만, 이렇게까지 할 것까진 없지 않느냐고 울부짖고 싶은 마음도 들었다.

"정은정을 살려준다고 하니 알아서 전부 뱉어내더라고."

"······."

"아······."

그래도 다행이었다.

은정이가 배신당한 건 아니었으니까. 그래, 그 순수한 눈망울을 가진 아이가 은정이를 배신했을 리가 없었다. 그저 간사한 세 치 혀에··· 놀아났을 뿐이다.

"그런 사실들을 알고 나니 하나 제안하고 싶은 게 생기더군."

"···제안?"

"한규설을 왜 찾았는지 이유를 대라. 그러면 너는 몰라도 다른 둘은 풀어주지."

"크크!"

그녀는 다케시가 입가에 진득한 미소를 걸고 한 말에 대소를 터뜨렸다.

"크흐흐··· 그 말을 믿으라··· 고?"

"안 믿으면 어쩔 거지? 아직 자신의 상황을 모르나? 너는 믿을 수밖에 없어. 한 가닥 희망을 내 말에 걸어야 하잖아. 안 그래?"

다케시는 앞잡이다.

그녀가 저 말을 믿을 리가 없었다.

하지만… 다케시의 말은 정설이었다.

지금 그녀에게는 희망이라곤 개미 눈곱만큼도 없는 상태였고, 만약 정말로 혹시 모를 천운이 따라 놈의 마음이 변해 두 사람을 풀어준다면? 이런 악마의 유혹이 드는 건 정말 어쩔 수가 없었다. 그리고 다케시는… 대단한 개새끼였다.

"이게 뭔지 아나?"

"……"

"손가락이지, 손가락."

"……"

놈은 손수건으로 끝을 슬쩍 잡아 잘려진 중지를 그녀의 눈앞에서 흔들었다. 실실, 정말 역겨운 웃음을 지은 채.

"그럼 여기서 문제. 이 손가락은 누구 손가락일까요?"

"개새끼……"

"큭큭큭!"

가짜일 가능성은 아예 없었다.

아직도 손가락에서 피가 뚝뚝 떨어지고 있었고, 그 피에서 비릿한 혈향까지 같이 맡아지고 있었기 때문이다.

그래서 그 손가락을 보는 그녀의 눈빛에는 지독한 분노가 깃들었다. 눈빛만으로 사람을 공격할 수 있다면, 다케시는 천

참만륜이 났을 것이다. 물론 헤이쵸 그 씹어 죽여도 시원찮을 개자식도 마찬가지였다.

'빌어먹을… 순아, 어쩌다가……'

그리고… 임은이는 정말 화가 나게도 저 손가락이 누구 손가락인지 알아차렸다. 정은정의 손가락은 섬섬옥수란 표현이 어울렸다. 얇고, 길고, 희다. 반대로 유관순의 손가락은 좀 짧고, 뭉툭하고, 단단한 느낌을 주는 편이었다.

그런데 저 손가락은… 후자의 모양을 갖추고 있었다. 즉, 저 손가락은 유관순의 손가락이었다. 하긴, 한계에 한계까지 몰려 있는 정은정의 손가락을 잘랐다면? 그녀는 아마 즉시 충격사나 그 외의 이유로 숨이 끊겼을 것이다.

"아직도 마음에는 변함이 없나? 흐음, 하나로는 부족한가 보군, 그럼. 뭐, 상관없겠지. 손가락이야……"

다케시는 말을 끝내지 않고 그녀의 얼굴 앞에 자신의 얼굴을 천천히 들이밀었다. 그리고 한 글자씩 또박또박 끊어서 말을 끝맺었다.

"많, 으, 니, 까. 큭!"

하고 웃음을 흘렸을 때 그녀는 고개를 번쩍 들어 다케시의 턱을 물었다. 번개 같은 동작, 복수를 할 수 있는 기회가 왔는데 그걸 그냥 넘어갈 그녀가 아니었다.

와작!

"아아악……!"

"크으으……!"

까드드드득!

이가 제대로 맞물렸다. 다케시는 턱에서 느껴지는 끔찍한 통증에 연신 비명을 내질렀지만 그녀는 악문 이를 놓지 않았다.

"흐에, 흐으아……!"

다케시의 고통에 찬 비명이 고문실을 뒤흔들었고 그 비명은 그녀에게 그 어떤 천상의 선율보다 아름답고 감미롭게 들렸다. 파고들어 간 이가 뼈에 걸리는 게 느껴졌다. 비릿한 피 맛? 지금의 그녀에게는 그 어떤 물보다 시원하고, 청량하게 느껴졌다. 악귀처럼 번들거리는 눈빛에는 독기가 정말 가득 차다 못해 흘러넘치고 있었다.

퍽!

퍽!

빠각!

당황한 군인들이 뭐라고 떠들면서 몽둥이로 그녀를 내려쳤지만 그 정도로, 고작 그 정도로 겨우 기회를 잡은 그녀가 악문 이를 풀 리가 없었다.

"크에에에……!"

아작, 아작, 아작!

이를 질겅질겅 씹어 살, 근육은 물론 뼈까지 아작아작 파고들어 갔다. 제대로 맞물렸고, 평소에도 단련을 해놨던 교합력(咬合力)은 다케시가 몸을 빼내는 걸 절대로 허락하지 않았다.

빡!

후두부에서 강렬한 통증이 느껴졌다.

그 때문에 눈앞이 순간 번쩍했지만 그래도 그녀는 놓지 않았다. 오히려 더욱 지독하게 이를 굴려댔다.

빡!

빠각!

머리, 어깨에 연달아 몽둥이가 떨어졌고, 터진 상처에서 피가 튀었다.

"크르르······!"

그러나 그녀는 짐승 같은 울부짖음과 함께 끝까지 물고 늘어졌다. 빡! 빡! 빡! 세 번이나 뒤통수를 맞으니 강철같이 견고했던 그녀의 의식도 점차 흐려졌다. 그래서 그녀는 이만 끝내기로 했다.

까드드득!

뼈가 갈리는 소리가 들렸고, 그 순간 그녀는 고개를 확 비틀어 숙였다. 뒤로 빼려던 다케시의 동작과 맞물려 살과 근육이 뭉텅이로 찢겨 나갔다.

"크악!"

살이 뜯기면서 다케시는 뒤로 벌러덩 넘어갔고, 덜덜 떨면서 공포와 혼란이 가득 담긴 눈빛으로 그녀를 노려봤다.

"크흐흐……."

꿀꺽.

입을 벌려 그 안에 있는 내용을 보여준 뒤, 그녀는 그 살가죽을 그대로 꿀꺽 삼켜 버렸다. 한 번의 기회를 놓치지 않은 그녀는 친히 짐승, 악마가 되어 어쩌면 처음이자 마지막일 복수를 아주 멋지게 성공했다.

씨익.

만족스러운 미소를 지은 그녀의 고개는 이내 다시 힘없이 바닥으로 떨어졌다.

*   *   *

다시 눈을 떴을 때, 묶여 있던 자세는 변해 있었고, 몸은 의지에 상관없이 위아래로 출렁거리고 있었다.

"헉헉헉!"

흐릿한 의식 사이로 개처럼 신음을 흘리며 몸을 앞뒤로 움직이고 있는 놈이 보였다. 그녀는 단박에 깨달았다. 겁간(劫姦)당하고 있다는 사실을.

피식.

그에 웃음을 흘리자 곧바로 묵직한 주먹이 배에 내려 꽂혔다.

펵!

"컥……."

깨자마자 일어난 고통이라 대비할 틈이 없이 오장육부가 뒤틀리는 것 같았다.

"웃어……? 웃어? 웃어……!"

시야가 좀 더 밝아지자 올라탄 놈이 얼굴에 감고 있는 피에 젖은 붕대가 보였다. 눈, 코, 그리고 입만 빼놓고 돌돌 감은 붕대는 턱 쪽만 검붉은 피에 젖어 있었다. 놈이다, 다케시.

펵! 펵! 펵!

그 자세 그대로 복부를 주먹으로 내려쳤지만 이번엔 대비하고 있었기에 아주 작은 신음도 흘러나가지 않았다. 그게 더 화를 돋우었는지 이번엔 양손으로 목을 졸랐다. 숨이 턱 막혔지만 이번에도 마찬가지였다.

오히려 그녀는 웃었다.

죽인다고?

이대로 죽여준다고?

'바라던 바야…….'

두 친구들을 만나지는 못했지만, 만날 수 없겠지만, 이렇게 고문당하는 나날을 보내느니 차라리 죽는 게 나았다. 그리고 죽음이란, 그녀에게 아쉽거나 무서운 게 아니었다.

'어차피……'

다시 시작될 테니까.

다만, 미안할 뿐이었다.

"죽어! 죽어……!"

그녀는 아예 숨까지 멈췄다. 의식이 순식간에 뒤집혀 눈을 감았는데 갑자기 몸 전체에 해방감이 느껴졌다.

"어이, 어이. 이러면 곤란하지. 누가 죽여도 된다고 했지?"

헤이쵸가 다케시를 끌어냈고, 머리에 총구를 겨눴다.

"이게! 이게 안 보여! 저년이 나를!"

"쯧쯧, 그러게 왜 틈을 줘서는. 내가 얘기했지? 저년 독종이니 조심하라고."

"놔! 죽여 버릴 거야! 저년은 내가 반드시 죽인다!"

"그건 안 되겠어, 다케시. 이러면 곤란해. 당신 임무는 이게 아니잖아. 알지? 정보를 빼내는 거. 근데 보니까… 이제 힘들겠군."

"뭐……?"

"잘 가라고, 빠가."

타앙……!

풀썩.

머리가 휙 뒤로 재껴짐과 동시에 다케시의 뒤통수가 터져

나갔다. 큭큭큭, 그녀는 웃었다. 안 그래도 죽이고 싶은 놈이었는데… 꼭 복수하고 싶은 개자식이었는데… 반 이상은 이루었다.

그러니 어찌 아니 기쁠 수 있으랴.

"범상치 않은 년인 줄은 진즉에 알았는데, 이 정도일 줄은 몰랐군. 얕봐서 미안하군. 이제부터… 제대로 해주지. 가져와!"

"하잇!"

<u>드르르륵.</u>

스트레쳐 카라 불리던가?

의료용 이동 기구 위에 군인들이 달라붙어 그녀를 다시 구속하고, 수면제를 놓고, 그 위에 올려놨다.

그리고 어딘가로 이송되면서… 다시 그녀는 의식을 잃었다.

*   *   *

겁간을 다시 당했다.

하루 삼십, 사십 이상의 제국군이 그녀의 몸에 더러운 정액을 쏟아내고 갔다. 너덜너덜해진 음부는 이미 제 기능을 상실했고, 그 안은 헐다 못해 곪아가고 있었다. 하지만 이놈들은 이상한 재질의 물건을 성기에 씌우고 끝없이 그녀를 강간했다.

하루, 이틀, 삼일, 일주일이 넘게 잠도 못 자고 강간은 끝없이 계속됐다.

그 시간 동안, 그녀는 단 한 번의 신음 소리도 흘리지 않았다.

이유는 단 하나였다.

'나보다 더 아팠을 수많은 조선의 열사와 여인들, 그리고 내 친우들을 위해.'

오직 그 하나의 이유로 버텼다.

강간이 끝나자, 고문이 다시 시작됐다.

손톱, 발톱이 차례대로 뽑혔고, 그 자리에 굵은 소금이 툭툭 떨어졌다. 신경이 망가지는 치 떨리는 고통에 몸이 저절로 떨렸지만 이번에도 그녀는 신음을 흘리지 않았다. 오히려 귀기가 가득 찬 눈으로 웃었다.

헤이쵸, 드디어 놈의 얼굴에 질린 기색이 조금씩 떠오르기 시작했다.

그 외에도 수많은 고문이 계속됐다. 환각제를 이용하기도 했고, 불에 달군 인두, 톱, 쇠못을 박은 동그란 우리에 우겨넣어 굴리기도 했다. 유두가 잘려 나갔고, 머리카락이 강제로 뜯겨 나갔다.

손가락 뼈마디를 집게로 찧어 뭉개놓기도 했다.

하지만 신경계가 망가졌는지 이제는 몸만 움찔거릴 뿐이었다. 그래도 그녀는 비명 대신 웃었다. 절대로 놈이 원하는 비명은… 질러주지 않았다.

그리고 이때쯤… 그녀도 포기했고, 안식을 원하기 시작했다.

그러나 겉으로 그 안식을 애원하지 않았다.

하지만 끝이 왔음은 알았다.

고개를 절레절레 젓는 헤이쵸를 보았기 때문이다.

손가락이 잘렸고, 발가락이 잘렸다.

혀가 뽑히고, 그다음은… 눈이 뽑혔다.

그리고 마지막으로… 타앙!

한 줄기 총성을 들었고, 가슴이 욱신거리는 느낌을 받았을 때… 그녀는 믿지 않는, 도리어 원망하는 누군가에게 한 줄기 소원을 올렸다.

'부디… '그' 순결한 처녀들에게.'

안식을 주소서.

그 소원 뒤에 두 친구의 얼굴을 떠올리려 했지만, 채 윤곽을 그리기도 전에 그녀의 의식은 기능을 잃었다.

chapter29
촬영 끝, 휴가 시작

컷 소리가 아스라이 귓속으로 들어왔다.

그러나 지영은 그 소리보다 지이잉, 이명(耳鳴)을 더 크게 듣고 있었다. 숨죽이고 있던 촬영장의 공기가 풀리기 시작했고, 대기하던 서소정이 담요를 들고 허겁지겁 달려왔다. 그녀뿐만이 아니었다. 마지막 촬영이라 축하를 해주기 위해 놀러왔던 송지원도, 그리고 입술을 질끈 깨물고 화면을 노려보던 장재원 감독도 서둘러 지영에게 다가왔다.

셋은 봤다.

카메라에 잡힌, 텅 비어버린 지영의 눈빛을.

감정을 소모하다 못해 바닥까지 긁어내며 불태웠고, 그 결과 지금 넋이 빠져나간 사람의 눈빛이 되어버렸다.

"지영아! 지영아 괜찮아?"

"야, 강지영! 정신 차려!"

세트장의 천장을 바라보며 누워 있던 지영은 서소정과 송지원이 부름에 답하지 못했다. 반개하듯 눈을 뜨고 있긴 했지만, 그냥 의식 자체가 멍했다.

'아⋯⋯.'

감정을 있는 대로 끌어다 썼더니, 정신이 너무나 지쳤다. 각 배우가 이틀간 같이 찍은 고문 신은 말 그대로 극한의 장면을 연기해야 했으니 이런 결과는 사실 당연했다. 서소정이 수건으로 특수 효과로 터진 검붉은 액체를 닦지도 안고 일단 지영의 몸에 덮었다.

"야, 강지영! 구급차! 구급차 불러요!"

송지원이 놀라서 구급차를 부르라고 하자 그제야 지영은 움직였다. 손을 뻗어 송지원의 손을 잡자 그녀가 흠칫 놀랐다가 지영을 다시 돌아봤다.

"괜찮아요."

"야, 너⋯⋯."

"구급차는 부르지 말고, 좀 누워 있을게요. 지금은 그냥 꼼짝도 하기 싫어서 그래요."

"그냥 병원으로 가자."

"누나."

"…에휴, 그래. 알았다."

서소정과 송지원이 지영의 말에 서로 시선을 마주쳤다가 고개를 절레절레 저었다. 털썩 두 사람이 주변에 앉자 장재원 감독이 걱정스러운 목소리로 물어왔다.

"정말 괜찮겠어요?"

"네, 괜찮습니다. 좀 쉬고 있을게요."

"알겠습니다. 대신 몸 안 좋으면 바로 말해줘야 합니다."

"네."

장재원 감독은 그 말을 끝으로 돌아갔다.

지영은 지금 배역에서 빠져나오는 중이었다. 그 증거로 성대를 좁혀 가늘게 내던 목소리가 원래 지영의 목소리로 벌써 돌아와 있었다. 컷 사인이 나고, 임은이의 서랍은 닫혔다. 마치 봉인된 것처럼. 그녀는 한을 풀었기 때문일까 마지막 신에서 정말 격렬하게 반응하더니 이제는 조용하기만 했다.

'조신한 요조숙녀도 아니고……'

체념인 걸까?

원래의 생이나, 이번의 생이나 그녀의 끝은 같았기 때문에 온 체념 말이다. 지영은 그런 임은이의 감정이 남긴 여운을 음미하고 있었다. 칙칙한 세트장의 천장을 멍하니 바라보는 이

유도 그 때문이었다.

생에 마지막, 유관순과 정은정을 그릴 도화지로 썼던 게 바로 저런 칙칙한 천장이었다. 어처구니없지만 진짜 그랬다. 그렇기 때문에 지영은 저 천장을 마지막으로 좀 더 지켜보고 싶었다.

'만족해?'

한참을 보던 지영은 그렇게 머릿속으로 물었고, 이번엔 명확하게 서랍이 두어 번 들썩이는 걸로 대답이 돌아왔다. 그에 지영은 그냥 피식 웃어버리고 말았다.

'그러냐……. 근데 난 죽겠다.'

엄연히 자신이자, 타인으로 인지하는 전생이었기 때문에 지영은 임은이에게 이제 그만 마음을 놓으란 말을 마지막으로 전했다.

"뭐가 웃기냐? 이 누나가 너 때문에 바닥에 털썩 주저앉아 있는 게 웃기냐?"

"아뇨, 앉아서 뭐 해요?"

"내가 지금 앉아서 뭐 하겠니?"

"음… 땅따먹기?"

"…죽는다."

"큭큭!"

서소정이 쿡쿡 웃자 죽인다며 주먹을 들어 올렸던 송지원도 피식 웃었다.

"돌아왔네."

"네, 에구. 지쳤어요. 좀 일으켜 줘요."

"그래."

둘이 부축해서 지영을 일으켰고, 지영이 일어나자 짝, 짝짝 짝, 장재원 감독을 시작으로 모든 스태프들이 정리를 멈추고 박수를 치기 시작했다. 마지막 촬영이라 끝나고 회식이 있어 배우들도 전부 모여 있었고, 그들도 지영이 일어나자 감탄한 표정, 질린 표정들로 박수를 쳤다.

지영은 잠시 그들을 말없이 바라보다가 꾸벅, 꾸벅 박수에 인사를 했다. 그리곤 대기실로 두 사람의 부축을 받아 퇴장했다.

대기실로 돌아와 유릭에게 가슴 분장을 제거받고, 화장실 로 가서 일단 찬물을 바가지에 받아 대충 샤워를 했다. 그리 곤 메이크업도 지우자 누가 봐도 여성 같던 지영은 다시 건장 한 사내로 되돌아왔다.

수건으로 머리를 대충 닦고, 셔츠 하나만 덜렁 걸치고 다시 밖으로 나와 의자에 털썩 주저앉았다. 체력은 바닥을 치고 있 지만 정신은 점차 명료해지고 있었다. 좋은 현상이었다.

"어땠어요?"

"뭐가, 연기?"

"네."

머리를 말리면서 빵을 오물거리고 있던 송지원에게 묻자 그녀는 잠깐 생각하다가 피식 웃었다.

"잘했어. 굿, 퍼펙트."

"굉장히 성의 없이 들리는데요?"

"성의 없이 말했으니까. 근데 그게 전부야. 니 연기를 보고도 이러쿵저러쿵하는 선비 연놈 있으면 잡아와. 내가 아주 영혼까지 탈탈 털어줄라니까."

송지원의 과격한 말에 서소정과 지영의 머리를 말려주던 한정연이 키득키득 웃었다. 지영도 피식 웃고 말았다.

"뭐 신들이 다 잔인하긴 하지만 그거야 커트할 건 커트하고 나중에 프레임 훅훅 당기면 해결될 일이니까 상관없고. 역대급 하나 또 나오겠는데? 리싸 넘어서는 거 아냐?"

"나중에 까봐야 알죠 뭐."

"청불이어도 이천만은 찍겠어. 캬, 영화 네 편에 대체 몇 천만이야?"

사천만? 오천만?

데뷔작이라 할 수 있는 '제국인가 사랑인가'까지 합치면 오천 만에 근접했다. 지영만큼 적은 작품 수에 이 정도 관객을 동원한 배우는 국내에선 전무했다. 그리고 아마 후에도 나타나긴 힘들 것이다.

정리가 얼추 끝났고, 이번에도 보라매에서 잡은 펜션으로 이동했다. 다행히 촬영장 근처에 펜션을 잡은지라 얼마 지나지 않아 바로 도착했다. 도착하니 출장 뷔페가 와서 음식을 싹 세팅하고 기다리고 있었다.

　장재원 감독이 그다음으로 도착했고, 그는 오는 대로 일단 음식을 바로 먹을 수 있게 했다. 지영도 죽과 부드러운 음식 위주로 접시에 담고 자리에 앉았다. 수학여행 이후 처음으로 식단 아닌 음식이 눈앞에 있자 속에서 꼬르륵 소리가 났다. 모든 스태프들이 모이고, 장재원 감독이 고생했단 인사와 함께 본격적인 뒤풀이가 시작됐다. 하지만 지영은 배에 음식이 차자 식곤증이 물밀 듯이 몰려와 눈꺼풀을 툭툭 떨어졌다. 그래서 양해를 구하고 바로 집으로 출발했고, 도착한 뒤로는 정말… 죽은 듯이 잠만 잤다.

＊　　　　＊　　　　＊

　"으음……."

　목이 너무 타서 천근만근 무거운 눈꺼풀을 억지로 뜬 지영은 버릇처럼 폰으로 시간을 확인했다.

　오전 10시 20분.

　"아……."

시간을 보고 몇 번 눈을 껌뻑이던 지영은 벌떡 일어났다. 학교 갈 시간이 한참 지났기 때문에 깜짝 놀란 지영은 바로 침대에서 일어나 밖으로 나갔다. 아니, 나가려 했다. 문에 임미정이 붙여놓은 포스트잇만 아니었으면 말이다. 내용은 간단했다.

―학교에는 전화해 놨어. 아들 고생했고, 푹 쉬고 저녁에 봐♡

"휴……."

지영은 한숨을 한차례 쉬고는 느긋한 마음으로 문을 열고 밖으로 나갔다. 식탁 위에는 가볍게 상이 차려져 있었다. 아침에 한 게 분명했을 음식들. 지영은 어제 너무 피곤해서 집에 와서도 두 분 부모님과 제대로 대화도 못 했다는 사실을 깨달았다.

국을 떠서 렌지에 넣고 돌린 지영은 임미정에게 전화를 걸었다.

"네, 지금 일어났어요. 깨우시지. 아, 제가요? 아하하, 많이 피곤해서 그랬나 봐요. 오늘 스케줄이요? 음… 소정 누나한테 물어봐야 되는데 아마 없을 거예요. 네, 알겠습니다. 아버지한테는 제가 전화 드릴게요. 네, 아 지금 국 데우고 있어요. 네 네, 네, 알겠습니다."

임미정과 가볍게 통화를 마친 지영은 바로 강상만에게도 전화를 걸어 간단하게 통화를 했다. 이후 국을 꺼내고, 밥을 퍼서 식탁에 앉은 지영.

메시지가 몇 개 와 있었다.

하나는 일어나면 연락하라는 송지원. 다른 하나는 학교 안 오냐고 묻는 유은재의 메시지였다. 답장을 쓰려 하는데 기동차게 서소정에게 전화가 왔다.

"네, 누나. 일어났어요. 밥 먹어요, 지금. 몸이요? 괜찮아요. 푹 자고 나니까 좀 무겁긴 해도 크게 아픈 데는 없는 것 같아요. 네네, 맞다. 누나, 저 오늘 스케줄 없죠? 네, 아니요. 저녁에 어머니가 가족 외식하자고 하셔서요. 네. 네, 무슨 일 있으면 연락할게요. 그럼 월요일 날 봐요."

서소정과 전화를 마치고 밥을 먹으면서 유은재에게 지금 일어났다고 답장을 했다. 그리고 지영답지 않게 피곤하다면서 투정 부리는 말도 같이 써서 보냈다. 쉬는 시간인지 답장은 바로 왔다.

[으흐흐, 고생했어! 이따 점심시간에 전화할게!]

지영은 알았고, 공부 열심히 하라고 적어 답장을 보내곤 마저 식사를 마쳤다. 설거지를 끝내고 반찬을 냉장고에 넣고, 거실로 가 소파에 털썩 앉은 지영은 TV를 켰다. 목요일 밤에 하는 예능이 첫 채널에 나왔다.

국민 MC라는 타이틀을 가진 방송인이 대화를 주도해 가며 웃고 떠드는 모습을 지영은 의외로 재밌게 보고 있었다. 가끔씩 큭큭거리면서 한참을 보고 있는데 진동으로 해놓은 폰이 지잉, 지잉 울었다.

힐끔 발신인을 보니 송지원이었다.

지영은 잠시 받을까, 말까 고민했다.

그런데 바로 전화가 잠잠해지고 이번엔 문자가 왔다.

[집에 있는 거 소정이한테 확인했다.]

깔끔한 메시지인데 이상하게도 그 안에서는 전화 안 받으면 가만 안 둔다는 의지가 느껴졌다. 고개를 절레절레 젓는데 다시 전화가 왔고, 지영은 이번엔 그냥 바로 받았다.

―죽을래?

"살래요. 그보다 웬일이에요? 아침 댓바람부터?"

―아침 댓바람은 개뿔, 열두시가 다됐구만. 됐고, 집이지?

"네, 오시게요?"

―응, 가려고. 지금 출발하면 한 시간 정도 걸릴 거야.

"…에휴. 네."

지영은 이렇게 나오는 송지원은 말릴 수 없음을 아주 잘 알고 있었다. 그리고 몰래 어디로 튀어봐야 그 쩌는 뒤끝이 감당이 안 되기 때문에 깔끔하게 포기했다. 전화를 끊은 지영은 샤워를 하고 밖으로 나왔다.

머리를 말리고 있는데 이번엔 유은재에게 전화가 왔다. 발신인에 뜬 그 이름만으로 지영은 희미한 미소를 지었다. 그동안의 지영의 모습을 생각하면 정말 엄청난 변화였고, 장족의 발전이었다.

"여보세요?"

―요! 남친! 으흐흐.

"픕, 밥 먹었어?"

―응응, 좀 전에 먹고 은아랑 뒤뜰에 나와 있어. 넌?

"나도 먹었지."

―흐흐, 이제 뭐 하려고?

"지원 누나 보기로 했어. 넌 수업 끝나면 뭐 할 거야?"

―아마 집에 가겠지?

집이 아닌 고아원이지만 그녀는 해맑게 집이라고 불렀다. 지영은 오늘 송지원을 만나는 김에 재단 설립에 대한 절차를 좀 더 빨리 알아보기로 했다. 그래야 빨리 유은재의 환경을 개선해 줄 수 있으니 말이다.

송지원의 지원으로 먹는 거야 이젠 문제가 안 되지만 그게 근본적인 해결책이 아니었다. 지영은 일단 유은재의 고아원을 시작으로 정말 필요한 이들에게 손길을 차근차근 내밀 생각이었다.

"이따 잠깐 볼까? 저녁 전까지는 시간 있는데."

─그래! 이따 태우러 와!

"응, 이따 보자. 공부 열심히 하고."

─응! 그럼 지원 언니 만나러 갈 준비해! 끊는다! 뿅!

차마 대답도 하기 전에 유은재는 전화를 끊었고, 지영은 그걸 빤히 바라보다가 다시 피식 웃었다. 요즘엔 정말 밝아진 유은재의 모습에 기분이 좋아졌다. 하지만 그러면서도 집중할 땐 집중하고, 무거울 땐 무거울 줄 아는 게 유은재였다. 그런 걸 생각하면 참 여러 가지 매력을 가진 친구였다.

정확히 50분 뒤에 송지원이 집 앞에 도착했고, 지영은 또 처음 보는 차에 눈을 동그랗게 떴다.

"차 또 샀어요?"

"후후, 어제 넘어온 따끈따끈한 애야."

"워……."

송지원은 레드를 사랑한다.

이번에도 강렬한 레드 머신의 라인은 아직 차에 관심이 없는 지영이 보기에도 수려한 아름다움이 느껴졌다.

"이거 얼마짜리예요?"

"다섯 장?"

"집값이네요."

"그만한 값어치는 해."

대체 자동차가 어떤 이동 수단 외의 어떤 목적을 더 가질

까? 지영은 당연히 정답을 알고 있지만 나중에 성인이 되어 차를 사더라도 저런 고가의 차량은 못 살 것 같았다. 게다가 요즘 목표가 생기면서 그러한 돈 낭비는 더더욱 하기 싫었다. 물론 송지원을 탓할 생각도 없었다.

저 새빨간 페라리를 산 돈은 오직 그녀 스스로의 노력과 능력에서 나왔으니까.

"타. 가까운 데 가서 커피나 마시자."

"네. 근데 저 이따가 은재랑 약속 있어요."

"뭐야, 더블 약속 잡은 거야?"

"같이 봐도 돼요."

"흥."

어처구니없단 눈빛으로 지영을 돌아보는 송지원이지만 지영은 일절 반응하지 않았다.

몰라서 한 말은 아니었다.

그냥 알아서 가줬으면, 하는 마음에서 나온 말이었다. 하지만 송지원은 송지원이었다.

씨익, 의미심장하게 웃은 송지원이 말을 이었다.

"자리 피해줄 줄 알았지? 이미 은재랑 이 누나랑 어마무시하게 친하거든?"

"…에휴."

"한숨 쉬었냐?"

"됐어요, 가요, 가."

피식 웃은 송지원이 지영의 볼을 한 번 꼬집고는 새빨간, 갓 나온 따끈따끈한 페라리를 출발시켰다.

chapter30
뉴욕 테러

학교 근처 카페 '비숍(Bishop)'은 시간 때우기가 참 좋다. 특히 카페 주인이 특정 '소수'에게만 허락하는 '옥상'은 그야말로 최고였다. 중원 예술중, 그 옆의 예고에는 그 소수에 들어가는 학생들이 꽤나 많았다.

그리고 그런 아이들은 흔히 같은 '업종'에 종사하는 아이들이 대부분이었다.

물론 지영은 여길 처음 와봤다. 이곳의 존재도, 시스템도 서소정이 알려는 줬었지만 애초에 4교시만 수업을 받고 바로 영화 촬영으로 조퇴를 나가는 지영인지라 이곳에 올 일이 없었다. 그러다 오늘, 유은재를 기다리기 위해 처음 오게 됐다.

지영과 송지원이 올라가자 딱 한 테이블을 차지하고 대화를 나누고 있던 3인의 시선이 빨리듯이 두 사람에게 날아왔다. 처음에는 못 알아봤지만 송지원이 선글라스를 벗자 어? 하고 긴 머리의 여고생이 자리에서 엉거주춤하게 일어났다.

그리고 도도도 달려와 허리를 90도로 숙였다.

"선배님! 아, 안녕하세요!"

"응, 안녕."

송지원은 선글라스를 흔들며 인사를 받아줬다. 허리를 편 여고생의 시선이 지영에게 건너왔다. 지영은 자리에서 잠시 일어나 먼저 인사를 했다. 여고생이지만, 엄연히 지영보다 학년은 물론 데뷔도 빠른 선배였기 때문이다.

"안녕하세요."

"우, 우와……."

여고생이 지영을 보곤 저도 모르게 탄성을 흘렸다.

연예인들의 연예인.

그게 강지영에게 붙은 별명 중 하나였다. 워낙에 작품 때 빼고는 얼굴을 보기 힘들었기 때문이다. 방송 출연도 최소로 필요한 것만 하니 이건 뭐, 연예인이라 부르기도 민망할 지경이었다.

"예고 서, 성소연입니다!"

"응, 그래. 근데 언니가 오늘은 조용히 얘기 나누러 왔거든?"

"아, 넵!"

꾸벅!

대화 자체를 잘라 버리는 송지원 덕분에 여고생이자 여배우 성소연은 쭈뼛거리며 물러났다. 같이 있는 남자와 여자는 누군지 잘 모르겠지만 이 시간에 교복을 입고 놀고 있는 걸 보니 평범한 아이들은 아닌 것 같았다.

물론, 그게 지영의 관심을 끌지는 못했다.

이런 장소에 있을 사람으로는 보이지 않는 카페 마스터가 직접 와서 주문을 받아 갔고, 테라스 아래서 송지원은 적당히 따뜻한 날씨가 주는 온기에 고양이처럼 기지개를 켰다.

"아으……! 졸리다."

"집에서 낮잠이나 즐기지 그랬어요?"

"그건 따분하잖아?"

"자는데 그걸 느낄 새가 있으려나 몰라……."

"아, 넘어가, 넘어가."

피식.

지금 아이처럼 투정을 부려도 송지원은 자기 관리 하나만큼은 엄청 철두철미한 여성이었다. 정해진 시각에 칼처럼 일어나는 건 아니지만 그래도 일어나서 운동은 빼먹지 않았고,

자기 전에도 꼭 운동은 한다. 피부 관리는 물론이고, 스케줄이 없어도 항상 자신의 개인 연습실에서 한두 시간은 꼭 연기 연습을 한다.

그리고 이 시간은 그녀가 유일하게 아무것도 안 하고 즐기는 시간. 그런 시간에 잠시 어울려 주는 건데 뭐, 못 할 것도 없었다.

"누나는 다음 작품 안 해요?"

"해야지. 슬슬."

"내, 외?"

"외."

"오호……? 근데 단독 주인공으로 들어갈 만한 작품이 있어요?"

"두 개. 근데 이쪽은 작품성이 좀……. 감독도 그렇고. 배급사도 좀 별로야."

"흠……."

송지원은 이제 아시아권에서는 가히 탑 수준의 배우였다. 중화권은 물론 일본까지 그녀의 이름 석 자를 모르는 사람이 없을 정도로 잘나가는 배우가 바로 송지원이었다. 하지만 헐리웃에서는 아직이었다.

'Mushin: The birth of hero'으로 제대로 얼굴 도장을 찍긴 했지만 그쪽 업계가 워낙에 아시아권 배우에게는 편협한 시선을 보내는 곳이기에 아직 탑급 배급사나, 작품이 들어온 곳은 없었다.

그런데도 송지원은 지금 도전을 생각하고 있었다.

"내 나이 벌써 서른 중반을 훌쩍 넘겼어. 기력 있을 때 도전해 봐야지."

대수롭지 않게 얘기하는 송지원이지만, 솔직히 이건 그녀에게도 모험이었다. 몇몇 배우들이 그렇듯 괜히 헐리웃에 갔다가 시간은 시간대로 날리고, 돈도 돈대로 날리고, 정신도 황폐해져서 돌아오는 배우들이 많았다. 그만큼 그곳에서 성공하기란 어려운 일이었다.

"누나다운 결정이네요. 잘되길 빌게요."

"카메오 정도는 되지?"

"저 당분간은 진짜 쉬고 싶은데요."

"야……."

"농담입니다. 잠깐은 괜찮아요."

"흐흐, 그렇게 나와야지. 아, 감사합니다."

카페 마스터가 와서 송지원이 주문한 아이스 모카라떼와 지영이 주문한 레모네이드를 내려놓고 갔다. 지영은 시원한 얼음이 가득 담긴 레모네이드를 한 모금 마셔봤다. 신맛이 팍 올라와 절로 얼굴이 찡그려졌지만 맛은 나쁘지 않았다.

"오, 괜찮네. 니 건?"

"제 것도 괜찮아요."

"음음, 줘봐."

지영은 별다른 생각 없이 잔을 송지원에게 건넸고, 송지원은 잔을 쭉 한 모금 쭉 빨더니 몸서리를 쳤다. 지영은 잔을 다시 받고 시간을 확인했다. 2시가 막 지나고 있었다. 이제 1시간만 지나면 유은재가 끝날 시간이었다.

"아, 근데 차는 어쩌지?"

"차요? 뭔… 아, 맞다. 소정 누나 불러야겠네요."

"그래야겠다. 근데 소정이가 고생이 많네. 배우 데이트도 책임져야 하고, 쿡쿡."

지영은 그 말에 쓴웃음을 지었다.

나이 때문에 지영은 아직 운전면허를 취득할 순 없었다. 그래서 은재를 만나려면 어쩔 수 없이 서소정의 도움이 필요했다. 서소정 없이 은재를 만나려면 사람이 많은 곳에 그냥 가야 하는데, 그건 서소정이 절대 안 된다고 엄포를 놓았다.

안 그래도 얼굴을 잘 안 비치는 강지영인데 만약 번화가 같은 곳에 모습을 드러내면? 어휴, 생각만으로 끔찍하다고 서소정이 고개를 절레절레 저었었다. 물론, 지영도 그쪽은 아예 생각도 안 했다. 자신만 귀찮고, 위험하면 어떻게든 이해하겠는데 유은재는 아예 대처도 제대로 못 할 게 분명했다.

서소정에게 메시지를 보낸 뒤 지영은 폰으로 인터넷을 들어가 봤다.

검색어 1위부터 10위까지.

테러 얘기였다.

씻고 준비하고, 이 카페로 넘어오는 동안 검색어가 아예 싹 바뀌어 있었다.

"헐, 누나 미국 테러 났는데요?"

"뭐? 진짜?"

"네, 보니까… 와, 이거 한 시간도 안 됐네요."

1시쯤 속보로 올라온 기사들이었다.

미국의 뉴욕, 세계 금융의 중심인 뉴욕이 또 다시 테러를 당했다. 기사는 많지만 아직 확실시되는 정보는 아직 풀리지 않은 것 같았다.

"와… 이 미친."

송지원도 놀랐는지 저도 모르게 욕을 내뱉었다. 사상자가 엄청났다. 폭탄 테러부터 시작해 거의 군부대급 화력을 테러리스트들이 보유하고 있었고, 현재도 격렬히 저항 중이란 기사가 계속 올라오고 있었다.

테러당한 뉴욕의 사진들이 걸러지지 않고 SNS를 통해 속속 올라왔다. 폭발에 휩쓸렸는지 검게 그을리고, 아직도 화마가 가라앉지 않은 가게들이 보였다. 사람의 사진은… 장난이 아니었다.

정신이 없어서 아직 사진이 걸러지지 않았기에 엄청 잔인한 사진들이 연달아 올라왔다.

"하여간 관심받고 싶어 하는 미친 새끼들은… 그냥 뒤져야 돼."

송지원도 봤는지 눈살을 찌푸리며 과격한 욕설을 뱉어냈다. 사실 지영에게 이 정도 사진은 크게 충격을 주진 못했다. 더욱 잔인한 것도 많이 봐왔기 때문이다.

2000년대에 들어서면서 인터넷은 엄청난 발전을 했다.

저 멀리 있는 지구 반대편의 소식도 1분이 지나기 전에 받아볼 수 있었다. 가히 실시간이라고 해도 과언이 아니었다. 한 미친놈이 실시간 영상 중계로 총격전을 찍다가, 유탄에 맞아 쓰러지는 영상을 다른 누군가가 다시 올리고, 아예 난장판도 이런 난장판이 없었다.

미국은 군을 투입했고, 뉴욕시는… 개판이 되어가고 있었다.

농담이 아니라 이게 딱, 한 시간 만에 일어난 일이었다. 테러 시작 시간 자정. 하필이면 페스티벌이 한창인 지역에서 테러가 났고, 사상자는 추측 불가라는 말이 나돌았다.

"다음 달에 미팅이었는데, 미국 건은 접어야겠다."

송지원의 말에 지영은 고개를 끄덕였다.

테러가 난 판국이다. 안전이 확보되지 않은 곳에 가는 건 솔직히 아주 멍청한 짓이었다. 추모 물결이 이어지는 걸 보고 지영은 폰을 내려놨다.

먼 나라 이야기였다.

호세의 삶을 비롯해, 그 땅의 원주민으로 태어난 적도 적지 않지만 지금 당장 뉴욕 테러가 지영에게 크게 영향을 미치지는 못했다.

이후 두런두런 얘기를 나누는데 서소정이 도착했다. 정확하게 딱 30분 걸렸다. 가볍게 모자를 쓰고 온 그녀는 지영의 건강을 먼저 체크했다.

"누나 왔어요?"

"응, 몸은? 잠은 푹 잤고?"

"네, 완전 기절한 것처럼 잤어요. 뭐 어디 아픈 데도 없고요."

"그래, 다행이네. 그래도 혹시 어디 아프면 얘기해 줘야 된다?"

"네."

3시가 넘고, '청소 중!' 이렇게 유은재에게 메시지가 왔다. 바로 이어서 '애들한테 미안해 ㅠㅠ'란 메시지가 연달아 왔다. 괜찮다고 답해주는데 지잉, 지잉, 전화가 왔다. 레이샤(Laysha)였다. 지영은 고개를 갸웃했다.

'왜? 테러 때문에 그런가?'

지영은 전화를 받았다.

하지만 바로 시끄러운 잡음만 들리더니, 이내 뚝 하고 끊겼다.

"뭐지?"

"왜?"

"아뇨, 레이샤한테 전화가 왔는데 받으니까 잡음만 들리다 가 끊겼어요."

"레이샤가? 걔가… 어라? 뉴욕?"

"······."

"······."

"아······."

가능성이 없지 않았다.

게다가 패션+음악 페스티벌이 한창이었던 뉴욕이었다. 지영은 레이샤에게 온 메시지를 확인했다. 자주는 아니지만 가볍게 연락은 주고받았었다.

"소정 누나, 뉴욕 영화제가 언제였어요?"

"뉴욕 영화제? 올해는 앞당겨졌다고 들었는데? 잠깐만."

그녀와 주고받은 메시지를 확인해 보니 확실히 뉴욕 영화제에 참석한다는 내용의 대화가 있었다. 주연상 후보고, 높은 확률로 받을 가능성이 높다는 얘기도 있었다. 그래서 지영은 축하한다는 말을 했었다.

인터넷에 레이샤라고 쳐보니 뉴욕 영화제 여우주연상을 수상했다는 기사가 주르륵 떴고, 트로피를 들고 기뻐하는 그녀의 사진도 같이 떴다.

"오늘. 아니, 어제? 이미 끝난 것 같은데…… 영화제가 끝나고 그 장소에서 바로 패션, 음악 페스티벌이 시작된 것 같아."

"끙……."

지영은 싸한 감각이 등골을 스치고 지나가는 걸 느꼈다.

'이 타이밍에 레이샤가 전화를 걸었다?'

테러, 전화.

그리고 잡음.

통화는 연결되지 않았다.

"아… 얘 전화 안 받는데."

송지원이 딱딱하게 굳은 얼굴로 중얼거렸고, 분위기는 급속도로 식어갔다. 차가운 얼음을 가져다가 사방에다가 던져놓고 물을 뿌려놓은 것 같은 기분에 지영은 혀로 말라가는 입술을 적셨다.

'하여간 정말… 촬영 끝난 지 얼마나 됐다고.'

하루도 지나지 않았다.

그래서 지영은 물었다.

답해주지 않을 누군가에게 말이다.

옛날에도 이런 일이 많이 일어났었다.

본인에게 오는 위험, 지인에게 오는 위험.

이건 결국 둘 다 자신에게 오는 위험이란 말과 똑같았다. 지영의 삶은 언제나 그랬다. 한 번이라도 조용히 넘어가는 법이 없었다.

물론 지영이 이 테러에 관여할 생각은 전혀 없었다. 관여할 방법도 없었다. 관여하고 싶지도 않았다. 희생당한 이들이 불쌍하긴 하지만, 그건 추모 정도에서 끝날 일이었다.

그러나…….

"아, 이 미친 계집애! 왜 전활 안 받아, 짜증 나게!"

송지원이 핸드폰을 거칠게 테이블에 내려놓으며 소리쳤다.

'레이샤가 말려들었지…….'

레이샤가 여기에 말려들었다면 얘기는 전혀 다른 방향으로 흐르게 된다.

이건 '리틀 사이코패스'를 찍었을 때 있었던 일과 비슷했다. 임유나가 자연재해에 떠밀려 옥상 밖으로 떨어진 그 일 말이다. 그때 지영은 그녀를 구하려다가 대신 옥상에서 떨어졌다. 반사적으로 이 층 난간을 잡아 어깨가 빠지는 걸로 끝났지만 만약 그때 그냥 아래로 떨어졌다면? 결코 어깨가 빠지는 걸로 끝나지 않았을 것이다.

그래서 지영은 직감적으로 느꼈다.

자연재해든, 인명 사고든, 이번 뉴욕 테러는… 뭔가 자신에게 안 좋은 일을 선사할 게 분명할 것 같다는 직감을.

'분명 뭔가 있다…….'

그게 아니라면 레이샤의 전화는 말이 되질 않았다. 폰으로
틀어놓은 CNN에서 자막으로 속보가 떴다.

─테러리스트 Conrad New York 호텔 습격!
─호텔 스카이라운지 뉴욕 영화제 뒤풀이가 한창!
─레이샤, 비조엘, 엘론, 마크 스웰스 등 유명 배우들 대거
참석 확인!
─모든 배우 연락 두절!

인질 가능성은 얼마네, 군 당국 특수부대 투입 검토하고 있
는 중이네 하는 자막들이 느릿한 속도로 스쳐갔다. 지영은 하
아, 한숨을 내쉬었다.
'망할······.'
지영의 입가에 쓰디쓴 미소가 걸렸지만, 뉴스를 바라보는
눈빛은 깊게 가라앉아 갔다.

레이샤의 일 때문에 만나기로 했던 은재에게 양해를 구하
고 먼저 집으로 보냈다. 그리고 임미정과 강상만에게도 바로
연락을 해 저녁 외식을 취소하자고 했다. 두 분은 아무 말 없
이 그러자고 했다.
오랜만에 회사 사무실로 온 지영은 소파에 털썩 주저앉았다.

"후⋯⋯."

자리에 앉자마자 한숨이 절로 나왔다. 폰에서 계속 속보로 나오고 있는 뉴스는 정말 최악의 상황만 설명하고 있었다. 이미 집계된 사망자 수가 백 단위가 넘고 있었다. 부상자 수는 당연히 그보다 훨씬 더 많았다.

사망자가 많은 건 자정, 그것도 축제의 한 중앙에서 자살 폭탄 테러가 터졌기 때문이다. 그것도 하나가 아니라는 보도가 있었다. 대규모, 그것도 작정한 자살 테러에 군부대급 화기까지⋯⋯. 그곳은 순식간에 쑥대밭이 됐다.

테러리스트의 규모 또한 소수가 아니라는 보도가 있었다. 못해도 삼백에서 사백 이상일 것이라는 추정 보도가 나왔다.

테러(Terror).

인류에서 없어져야 할 비인류적인 행위는 매해마다 몇 번씩이나 일어났다. 단순한 차량 폭탄 테러부터 시작해 공연장, 기차 플랫폼 등에서 번번이 일어났다. 그리고 꼭 그럴 때마다 사람이 죽었다. 작게는 몇 명에서, 크게는 몇십 명.

그러나 이번엔 규모가 달랐다.

CNN 리포터가 보여주는 거리는 정말⋯ 아비규환의 지옥이었다. 울부짖는 뉴욕 시민, 관광객들의 모습은 차마 눈 뜨고 못 봐줄 지경이었다. 그리고 리포터가 설명을 하고 있는 와중에도 투두두두! 총성이 울렸다.

심지어 폭탄 터지는 소리까지 들리고 있었다.

"전쟁터냐……."

상황은 심각했다.

창백하게 질린 리포터가 눈물을 흘리는 모습이 나오자 화면이 스튜디오로 넘어왔다. 앵커라면 절대 흔들리지 말아야 하지만 아직도 현재 진행형인 테러 때문에 말을 못 잇는 모습이 잡혔다.

화면이 이번엔… 콘레드 뉴욕 호텔을 잡았다.

호텔 최상층 몇 층을 빼고는 아예 전원이 나가 있는 호텔의 모습은 이상하게 음산했다. 화면이 다시 보도용 헬기에서 보내는 화면으로 바뀌었다. 호텔 하늘에서 옥상을 포함해 상층부를 찍는 카메라가 갑자기 터져 나갔다.

"헐? 뭐야? 왜 저래?"

"……."

군대도 안 다녀온 송지원은 잘 모르겠지만, 지영은 알 수 있었다. 카메라 앵글을 노리고 테러리스트가 저격을 가했음을. 진짜 전쟁터가 따로 없었다. 지영은 뉴스를 보면서 이해할 수가 없었다.

화면이 다시 데스크로 넘어왔다.

"아, 좀……! 이, 씨! 받아라, 이년아 좀!"

송지원은 계속 레이샤의 폰으로 전화를 걸었지만 당연히

연결은 되지 않았다.

"후우……"

지영은 한숨을 내쉬었다.. 이제 이 정도 되면 다른 건 다 필요 없었다. 오직 레이샤가 안전하게 구출되기만을 바랬다.

레이샤 요한슨.

그녀와의 인연은 예기치 못했지만, 이제는 제법 끈끈하다 할 수 있었다. 그래서 지영이 본심을 털어놓을 수 있는 몇 안 되는 연예계 선배이자, 동료라 할 수 있었다. 나라는 달라도 그녀가 자신을 생각하는 마음은 진심이었다.

송지원과는 좀 다르게 그녀는 자신을 조카 정도로 생각하지만 오히려 그래서 더 가족처럼 격의 없이 지영을 대해줬다.

"지영아. 레이샤 괜찮겠지……?"

"네, 괜찮을 거예요."

송지원의 걱정 어린 질문에 지영은 단호하게 괜찮다고 대답했다. 물론 상황이 어떻게 흘러갈진 아직까지 아무도 몰랐다. 천운이 따라서 아무 일도 없을 수도 있었고, 이미… 큰일이 벌어졌을 수도 있었다.

하지만 지영은 안다.

이럴 때일수록 마음을 단단히 먹어야 한다는 걸.

안 그러면 곁에 있는 주변 사람들이 더 힘들다는 것을.

지잉.

유은재에게 집에 도착했다는 메시지가 왔다. 지영은 이번만큼은 웃지 못했다.

*   *   *

테러는 딱 이틀 후에 소탕됐다.

군 당국이 발표한 테러리스트의 수는 무려 삼백하고 오십이었다. 물론 그들 말고도 숨은 잔당들이 분명 더 있을 테지만, 이틀이 지난 지금은 이제 총성이 멎은 상태였다.

속속, 희생자 집계가 이루어졌다.

그리고 엄청난, 가히 엄청난 숫자가 형성됐다.

1,500.

테러로 희생당한 뉴욕 시민과 관광객들의 숫자였다.

엄청난 군중이 모였던 페스티벌 현장에서 목숨을 잃은 이들이 너무나 많았다. 폭발물의 화력도 화력이지만 혼란과 공포에 빠진 군중에게 짓밟혀 죽은 이들의 수도 무시 못 할 수준이었다. 게다가 기다렸다는 듯이 그 상황을 악용했던 갱들까지 있었고, 그래서 피해는 정말 처참할 지경이었다.

그러나 지영은 그 처참한 상황에서도, 안도의 한숨을 내쉬었다. 이유야 좀 전에 걸려온 레이샤의 전화 때문이었다.

"지금은 괜찮고요?"

—응······. 좀 힘이 없긴 한데, 이 정도야 괜찮아.

"다행이네요."

—응, 다행이지··· 후우.

레이샤는 무사히 구출됐다. 다행히 그녀는 스카이라운지가 아닌, 룸에 있었다고 했다. 당시 고층 룸이 전부 예약된 상태라서 중간층에 방을 잡았고, 테러리스트들은 고층으로 빨리 올라가느라 그녀의 룸을 지나쳤다고 했다. 이후 그녀의 폰 배터리가 다 돼서 연락을 따로 못 한 것이다.

그리고 하루 뒤, 진압 작전에 나선 군 특수부대에 의해 그녀는 구출됐다.

"그래도 진짜 아무것도 안 하고 조용히 있었던 건 정말 잘했어요."

—예전에 영화 찍으면서 배웠었거든. 이럴 때는 그냥 조용히 구출을 기다리라고. 지금 생각하면 지영이 니 말처럼 그게 신의 한 수였어.

"맞아요. 정말 잘했어요. 맞다. 지원 누나랑 통화했어요?"

—했어. 배부를 정도로 욕먹었어, 아하하.

"그래도 지원 누나가 레이샤 걱정 정말 많이 했어요. 너무 나쁘게 생각 말아요."

—나도 알아. 내가 전화하니까 막 울던데?

"헐, 진짜요?"

―응, 그래서 나도 펑펑 울었어, 하하하.

지영은 그 말에 큭큭 소리 내서 웃었다. 두 사람이 폰을 붙잡고 엉엉 우는 모습이 상상이 됐기 때문이었다. 하지만 그래도 정말 다행이었다. 이틀간 정말 피 말리는 기다림의 연속이었다. 지인이 납치됐다는 현실이 주는 중압감과 걱정은 정말 참기 힘든 고난이었다. 그렇다고 여기서 뭔가를 할 수 있는 것도 아니라서, 무기력감까지 덮쳤다.

물론 그건 송지원의 얘기였다.

지영이 그런 마음을 가지기에는 살아온 생이 너무나 많았다.

"그래서 지금은 병원이고요?"

―응, 군 병원에 와 있어. 혹시 모른다나?

"거기가 안전하긴 안전하죠."

레이샤는 거물이었다.

그녀는 매년 포춘지가 발표하는 영향력 있는 100인에 이름을 올렸다. 그것도 여성 부분이 아니라, 남녀 통합 부분에서 말이다. 찍는 영화마다 대박이 나는 건 물론이요, 유니세프(Unicef) 홍보 대사도 십 년 가까이 하고 있었다. 그래서 구출 직후 그녀는 일반 병원이 아니라 바로 군 병원으로 이송됐다.

"맞다. 그런데 그날 나한테 왜 전화한 거예요? 그 급박한 상황에?"

—몰라, 매니저한테 연락하고 생각나는 대로 막 번호를 눌 렀는데……. 그게 너였네?

피식.

뭐, 어쨌든 그것 때문에 아주 이틀간 피가 말랐지만, 그래 도 그 상황에 자신을 생각했다는 말은 그만큼 가깝다는 말이 기 때문에 나름 고마웠다.

—아, 의사들 들어왔다. 통화는 여기까지!

"네, 그래요. 푹 쉬고 괜찮아지면 또 연락해요."

—라져.

뚝.

전화를 끊은 지영은 송지원에게 '울었다면서요? ㅋㅋ'라고 문자를 보내놓고 한숨을 깊게 내쉬었다. 아까도 말했지만 정 말 다행이었다.

'그럼 해결이… 된 걸까?'

지영은 분명 본능적으로 위험이 다가오고 있음을 느꼈다. 이러한 본능은 좀 틀렸으면 좋겠는데 그의 인생에 직감은 대 부분 다 정확하게 현실이 되는 경우가 많았다. 그래서 지영은 엊그제 느꼈던 그 감정을, 그 직감을 무시할 수가 없었다.

레이샤는 무사히 구출됐다.

그렇다면 자신에게 돌아오는 위험의 직감은 느껴지지 않아 야 정상인데… 이게 그런 상황이 아니었다. 뇌리를 간질간질거리는 느낌. 이런 감각은 여전히 머릿속에 남아 둥둥 떠다니고 있었다.

'이런 경우는 보통 다른 게 남아 있을 때지.'

시작은 뉴욕 테러가 맞다.

딱 그때 빌어먹을 직감을 느꼈으니까.

불쑥 찾아오는 경우가 있다.

임유나 사건 때처럼.

하지만 이렇게 느릿하게 와서, 언제 터질지 모르는 시간폭탄처럼 구는 경우도 있었다. 그게 딱 지금이었다.

똑똑.

"네."

"밥 먹으렴."

"네, 나갈게요."

밖으로 나가니 식탁 위에 음식이 한가득 차려져 있었다.

"오빠, 오빠!"

지연이가 도도도 달려와 안겼다.

"오빠! 비행기! 비행기!"

"강지연! 밥 먹을 시간이야."

"흐잉……."

지연이의 비행기 타령은 임미정의 한마디에 단숨에 제압됐다. 시무룩한 표정으로 식탁으로 걸어가는 지연이에게 '이따

밥 먹고 태워줄게' 하자 금방 얼굴을 활짝 폈다. 의자에 앉자 임미정이 앞치마를 걸어놓고 와서 앉았다.

"아버지는요?"

"급한 일 있다고 나가셨어."

"아…….."

오늘 아침에는 집에 계셔서 물어봤는데 그새 나가신 모양이다. 하긴, 검사에게 어디 주말이 있겠나. 임미정이 서툰 젓가락질을 하는 지연이의 입에 잘게 자른 햄 조각 하나를 넣어주면서 조심스럽게 물었다.

"레이샤 소식은 아직 없니?"

"맞다. 좀 전에 연락 왔어요. 무사히 구출됐고, 지금 군 병원에서 치료받고 있데요."

"그래? 어머, 어머, 잘됐다. 어휴."

레이샤는 임미정과도 친했다.

한국에 올 때면 항상 선물을 사와서 임미정에게 직접 전해주고 갔다. 처음에는 우주 대스타로 불리는 레이샤의 호의가 부담스러워했던 임미정이지만, 지금은 그녀가 찾아오면 꼭 시간을 내서 차도 마시고, 식사도 하고, 쇼핑도 즐기곤 했다. 그래서 레이샤의 납치 기사가 나올 때 임미정도 걱정에 일을 제대로 못 했을 정도였다.

"다행이다, 정말 다행이야……. 어휴, 이따 연락하면 안 받겠지?"

"잘걸요? 메시지 하나 넣어놓으세요. 그럼 아마 일어나서 연락 줄 거예요."

"그래, 그래야겠다. 어, 강지연. 당근 안 먹으면 엄마 화낸다?"

"히잉."

지연이의 귀여운 투정에 지영은 손을 뻗어 머리를 쓰다듬어 줬다. 임미정의 교육은 엄했다. 지영이야 워낙에 알아서 잘 컸지만, 지연이는 제 나이 또래가 원래 보여야 할 모습을 전부 보였다. 반찬 투정부터 시작해 놀고 싶은 욕구까지 전부 표출했지만 임미정은 그걸 전부 받아주지 않았다.

그리고 아빠, 엄마, 오빠가 워낙에 대단한 사람이라 교육도 엄했다. 특히 못된 행동을 하면 정말 호되게 꾸짖었다. 다시는 같은 행동을 못 하게 말이다. 물론 혼낼 때는 혼내지만, 그 외에는 항상 잘 챙겨주고, 사랑을 주었다.

그래서 지연이는 밝고, 올바르게 커가고 있었다.

"아들."

"네?"

"혹시 여친 생겼어?"

"큽……."

막 입에 넣었던 국이 튀어나올 뻔했다. 크게 놀란 건 아니지만 예기치 못했던 타이밍에 들어온, 제대로 된 카운터였다.

"어떻게 아셨어요?"

"요거."

임미정은 엎어놨던 폰을 들어 지영에게 건네줬다. 그리곤 다시 지연이의 입에 국을 한 숟갈 떠서 가져다 댔다. 지영은 임미정이 준 폰을 빤히 바라봤다. 화면 속에는 은재와 교실에서 대화를 나누는 자신이 있었다.

그런데 대화를 나누는 자신의 표정이 너무나 밝았다. 게다가 누가 봐도 동급생이 아닌, 연인과 대화하는 남자의 모습이었다.

"반 아이들 중 누가 찍은 건가 봐?"

"아마 그렇겠죠?"

세상 행복한 표정까진 아니어도, 진심으로 즐거운 미소를 그리고 있는 자신의 모습에 지영은 발뺌할 생각을 버렸다. 사실 엊그제 저녁에 가족 외식을 했다면 그 자리서 말씀드릴 생각이었다.

"오빠! 여친 생겼어?"

지연이가 계란말이 하나를 우물거리며 해맑게 물어왔고, 지영은 그냥 미소와 함께 지연이의 머리를 쓰다듬어 줬다. 그러자 지연은 바로 기분 좋은 미소를 그러고는 작은 수저로 밥을 퍼먹었다.

"어떤 아이니?"

지연이 도와주는 걸 멈추고 지영을 바라보며 물어오는 임미정의 말에 지영은 잠시 수저를 내려놨다.

"좋은 아이예요. 말이 통하는 아이기도 하고요."

"그래? 에스엔에스 보니까 다리가 좀… 불편한 아이라며?"

"네, 음… 사정이 좀 많은 친구예요."

"그렇구나. 우리 아들이 택한 아이니까 나쁜 아이는 아니겠지. 그런데… 엄마가 궁금하네?"

"네?"

지영은 임미정의 궁금하단 말에 잠깐 눈을 동그랗게 떴다가, 짧게 탄성을 흘렸다. 직접 만나보고 싶단 얘기를 살짝 돌려서 얘기한 게 분명했다. 요즘 시대에 중학생이 연애를 한다는 건 별로 흠도 아니었다. 물론 집안 가풍에 따라 다르겠지만 두 분 부모님은 지영이 이 나이에 연애를 해도 반대할 생각이 전혀 없으신 분들이었다.

"물어볼게요."

"그래줄래? 다음 주 주말쯤 어떠니? 그땐 엄마 지금 하고 있는 재판도 마무리될 것 같고. 아버지도 쉬실 것 같은데."

"시원시원하게 추진하시네요, 하하. 아마 싫다고는 안 할 거예요. 은재가 성격은 저만큼 화끈하거든요."

"후후, 그래? 하긴, 우리 아들을 사로잡을 정도면 뭐가 있어도 있겠지. 으흠, 기대되네."

임미정의 기대 어린 미소에 지영도 작게 웃었다. 이틀 전 본 은재의 얼굴이 떠올랐다. 레이샤 일 때문에 만나자마자 헤어져야 했지만 은재는 밝게 웃었다. 사정을 다 듣고 난 뒤에 나온 그 미소에 서운한 기색은 하나도 없었다. 그만큼 은재는 생각이 깊은 아이였다.

저녁을 다 먹고 방으로 들어온 지영은 은재에게 전화를 걸었다. 뚜루루루, 뚜루루루, 컬러링 없는 연결음이 들리기 시작하고 잠시 뒤, 은재가 전화를 받았다.

—요! 남친!

건너편에서 들어오는 은재의 목소리에 지영은 또 피식, 기분 좋게 웃고 말았다.

chapter31
당돌한 여중생

지영은 이제 4교시 이후 조퇴가 아닌 정규 수업을 전부 받았다. 그러다 보니 자연히 유은재와 함께 있는 시간이 많아졌고, '피지 못한 꽃송이여'를 찍으며 받았던 정신적 대미지를 말끔히 지워낼 수 있었다. 그리고 유은재는 역시 예상대로 주말에 지영의 부모님을 보는 일을 거절하지 않았다.

"그래? 잘됐다. 안 그래도 너무 잘난 남친 둬서 부모님이 걱정하실까 봐 고민이었는데. 내가 가서 그 걱정 싹 날려 드릴게!"

이런 대사를 남기면서 정말 흔쾌히 수락했다.

은재는 언제고 이런 순간이 올 거란 걸 예상하고 있었다고 했다. 평범한 남자 친구도 아니고, 헐리웃에서도 연일 러브콜이 쇄도하는 대스타인 강지영이니 결코 조용히 넘어가긴 힘들겠단 생각도 했었다고 했다.

물론 지영의 부모님이 둘의 연애를 반대할 분들이 아니지만 은재는 아직 그걸 모르니 걱정하는 건 당연했다.

주말, 일요일은 정말 빠르게 돌아왔다.

서소정과 함께 은재를 데리러 가던 도중 지영은 헛웃음을 흘렸다.

"헐……."

"왜?"

"레이샤 열애설 떴어요. 아니, 이건 그냥 대놓고 열애 인정설이네요."

"엥?"

레이샤는 본인 SNS에 아예 대놓고 글을 올렸다.

자신을 구해준 특수부대 요원에게 큰 감사함을 느꼈고, 일주일간 노력 끝에 그를 만났으며, 그를 사랑하게 됐다는 얘기였다. 근데 거기서 끝이 아니었다.

최대한 빨리 결혼을 하고 싶다는… 말은 덤이고, 아이는 혼수로 가져갈 것이란 공표까지 했다.

"마인드가… 덜덜하다, 야."

"그러게요. 하여간 이 누나 화끈함은 진짜 장난 아니네요, 와."

신호 대기 중에 기사를 확인한 서소정이 고개를 절레절레 저으며 한 말에 지영도 적극 동감했다. 예전에 자신과 친분을 맺을 때도 아주 불도저처럼 달려들었던 레이샤였다. 그런 그녀는 사랑에도 마찬가지였다.

저돌적인 모습. 레이샤는 흡사 성난 멧돼지 같은 사랑꾼이었다.

병실에서 자신을 구해준 특수부대 요원에게 대놓고 키스하는 사진을 프로필 사진으로 떡 하니 설정해 놓은 걸 보면 진짜 그녀의 성격이 어떤지 아주 잘 알 수 있었다.

"저 정도면 진짜 곧 결혼하겠는데?"

"한창 불탈 나이… 큼큼."

"……."

지영은 힐끔 서소정을 봤다가 시선을 돌렸다.

꿈이 큰 서소정은 아직도 솔로였고, 그래서 노처녀였다. 나이는 송지원과 동갑인 그녀라 혼기가 이미 쑥쑥 지나가고 있지만 정작 본인은 결혼 생각이 전혀 없는 것 같았다. 물론 그렇다고 해도 결혼 얘기를 앞에서 막 해도 되는 건 아니었다.

집안에서 얼른 결혼 안 하냐는 압박 때문에 엄청 스트레스를 받고 있었기 때문이다. 그래서 지영은 되도록 이면 결혼 얘기는 서소정 앞에서는 예의상 삼갔다.

"넌 레이샤처럼 하면 안 된다. 아니, 하려면 최소한 우리가 대응할 시간을 줘. 알았지?"

"안 그래요. 그리고 저 이제 중학교 일 학년이에요."

"니가 중 일처럼 안 보이니까 그렇지! 회사도 너 연애하는 건 알고 있어. 승낙했고. 그리고 사고는 전혀 다른 차원이다?"

"누나가 말하는 사고는 뭔데요?"

"⋯⋯."

서소정은 그 되물음에 슬쩍 입을 다물었다. 남녀 간에 사고야 뻔하다. 아이. 하지만 지영은 자신이 그런 사고를 칠 수 있을까 생각해 봤다. 피식 웃음만 나왔다. 치고 싶어도, 아마 못 칠 것이다.

항상 은재를 기다리는 곳에 밴이 도착했고, 이번에도 몇 분 기다리고 나서야 은재가 휠체어를 밀며 나타났다. 지잉. 차문을 다 열고 서소정이 내리자 지영도 모자를 눌러 쓰고 차에서 내렸다. 그런 두 사람을 발견하고 반갑게 손을 흔드는 은재의 얼굴엔 미소가 가득했다.

"하여간 참 밝다, 밝아."

"예쁜 미소죠?"

"품, 그래, 예쁘다, 예뻐."

매일 학교에서 만나지만, 언제 봐도 은재의 모습은 빛이 났다. 그녀를 안아 차에 태우고, 휠체어를 트렁크에 싣고 바로 출발했다. 약속 장소는 예전에 송지원과 갔던, 유선화가 운영하는 그 카페였다.

주말이라 붐비는 도심을 서소정은 요리조리 경로를 틀어 시외로 빠져나왔다. 하지만 날이 좋아 피크닉을 가는 사람들이 많은지 여전히 차는 많았다.

"연휴라 여행가는 사람이 많은가 봐. 차가 많이 막힌다."

"아, 그래?"

"어, 몰랐어?"

"응."

지영은 연휴인지 솔직히 몰랐었다. 내일과 모레, 둘 다 재단 문제로 바쁠 예정이었기 때문이다. 그래서 연휴인지도 몰랐다.

"바보, 흐흐. 어떻게 그걸 모르냐?"

"모를 수도 있지."

"학생에게 연휴란?"

"음… 노는 날?"

"빙고! 학교를 안 가도 되는 날!"

"아아."

하긴, 은재가 학교에 가기 싫은 건 아니지만 그래도 다리가 불편해서 등교하려면 꽤 많은 준비가 필요했다. 일단 씻어야 하고, 교복도 입어야 하고, 조심조심 통학 버스가 오는 곳까지 혼자 나와야 하고, 이래저래 많이 불편할 것이다.

'학교에 기숙사가 없는 게 좀 아깝긴 하네. 건의해 볼까?'

그런 생각까지 들었다.

그렇게 둘이서 실없는 얘기를 나누다 보니 유선화의 카페로 들어가는 오솔길의 초입이 나타났다.

지이잉.

창문을 연 은재는 고개를 낑낑거리면서 내밀었다.

"하아… 좋다."

드문드문 비취는 햇살이 은재의 얼굴을 몇 번이나 스쳐 지나갔고, 지영은 그 장면을 머리에 담았다.

잊지 않도록.

카페에 도착했더니 문 앞의 그네에서 강상만과 임미정이 지연이 그네를 태워주며 놀고 있었다. 차가 도착하자 그네에서 지연이를 내리게 하고 나란히 서는 지영의 가족.

"후… 하아, 후… 하아."

"긴장돼?"

"응, 부모님을 뵐 생각하니 긴장되네…… 흐흐."

지영은 힘내란 말을 해주지 않았다.

이 자리는 갑작스러운 아들 가진 부모의 욕심으로 인해 만들어진 자리였다. 그러니 은재가 부담을 가지는 것도 이상한 일은 아니었다. 하지만 지영이 이건 어떻게 해줄 수 있는 부분이 아니었다.

그리고 그냥 예의상 힘내, 이런 말은 해주기도 싫었다.

이번엔 지영이 휠체어를 내렸고, 서소정이 은재를 안아 내려 줬다.

"안녕하세요, 유은재입니다."

앉은 자세에서 고개를 꾸벅 숙이며 인사를 하는 은재. 은재 의 인사에 강상만과 임미정이 다가왔다.

"이놈 애비 되는 강상만이네."

"지영이 엄마 임미정이에요, 호호."

"네, 안녕하세요. 검사님, 변호사님."

피식.

지영은 은재의 입에서 나온 호칭에 실소를 흘릴 수밖에 없 었다.

보통은 아버님, 어머님 이렇게 부른다. 하지만 은재는 검사 님, 변호사님, 두 분의 직업으로 불렀다. 이 호칭으로 부른 이 유가 너무나 명백해서 지영은 웃은 거다. 그리고 두 분도 지영 이 느낀 것처럼 똑같이 느끼신 것 같았다.

"안냐세여!"

"어머… 니가 지연이구나? 안녕, 언니는 유은재라고 해."

"에헤헤! 은재 언니! 은재 언니 예쁘다!"

"진짜? 고마워, 지연아. 근데 지연이가 언니보다 더 예쁜데?"

"히히히! 진짜?"

"응, 진짜."

좋아서 폴짝폴짝 뛰는 지연이를 은재는 맑은 미소로 바라 봤다. 그래도 처음의 어색함은 너무나 밝은 지연이 때문에 많이 수그러들었다. 그렇게 인사를 나누고 카페 안으로 들어가자 아직 11시경인데도 두 테이블이나 손님이 차 있었다. 딸랑이는 소리에 유선화가 문을 바라봤고, 지영을 알아보고는 반가운 미소로 다가왔다.

"어머, 어서 오세요. 호호호."

"안녕하세요."

유선화의 등장에 두 분은 좀 놀랐는지 눈을 동그랗게 떴다. 하긴, 90년대를 주름 잡던 대배우의 등장이니 놀라는 것도 무리가 아니었다. 창가 쪽 자리에 앉아 주문을 하고 나니 테이블엔 잠시 침묵이 감돌았다.

"……."

"……."

무리도 아니었다.

강상만은 며칠 전에 듣긴 했지만 그래도 뜬금없이 아들의 여자 친구와 대면하고 있는 와중이다. 철의 검사라 불려도 이런 처음 겪는 일엔 내성이 없었다. 그건 임미정도 마찬가지였나 보다. 호기롭게 추진했지만 실제로는 아직 어색할 수밖에 없었다. 지영은 이 침묵을 직접 나서서 깨려다가 오면서 은재가 했었던 말 때문에 일단 가만히 있었다.

"흠흠, 은재 양?"

"네, 검사님."

"그냥 아버님이라 부르거라. 그리고 이 나이 먹고 아들 연애에 이러쿵저러쿵할 생각도 없으니 나는 그리 신경 쓰지 않아도 될 게다."

"네, 아버님."

강상만은 은재의 대답에 고개를 끄덕이곤 아내인 임미정을 바라봤다. 이 자리를 만든 장본인이니, 할 말이 많을 것 같아서였다.

"은재 양?"

"네, 변호… 사님?"

"어머님이라고 편하게 불러도 돼."

"네, 어머님."

"호호, 이거 참, 이상하네. 아들이 갑자기 여자 친구가 생겼다고 해서 이 자리를 만들어달라고 했어. 혹시 불편했던 건 아니니?"

"괜찮습니다. 지영이랑 만나다 보면 언제고 두 분을 만나 뵈어야 할 날이 있었을 거예요. 그날이 좀 일찍 왔다고 생각하고 있어요."

"생각이 깊네. 아, 그래서 아들이 마음을 연 건가?"

"……."

지영이 보는 임미정은 아들의 여자 친구를 봐서 그런지 살짝 흥분한 것 같았다.

"맞다. 생각해 보니 아들에게 은재에 대한 이야기는 들은 게 없어. 나도 안 물었고, 이 아이도 얘기하지 않았거든."

"제가 말하지 말라는 말도 했어요."

"음? 왜?"

"제가 좀 사정이 있는 아이거든요."

사정이 있다는 말에 강상만은 조용히 팔짱을 꼈고, 임미정은 웃는 낯으로 차분히 은재의 말을 기다렸다. 크게 심호흡을 한 번 쉰 은재가 입을 다시 열었다.

"저는 부모님이 없습니다. 세 살 때 버려졌다고 들었고, 두어 번 다른 곳을 전전하다가 지금은 고아원에서 살아요."

"……"

가벼운 얘기는 아니었다. 임미정이 눈을 동그랗게 떴다. 강상만도 마찬가지였다. 고아라는 이 단어는 흔한 단어다. 하지만 이 단어를 써야 하는 아이를 주변에서 쉽게 찾을 수 있는 건 또 아니었다.

"다리도 좀 불편해요. 선천적으로 움직이지 않았다는 얘기를 들었어요. 고칠 방도도 없다고 의사 선생님이 그랬고요. 아마 저는 이 다리 때문에 제 친부와 친모가 저를 버린 게 아닌가 생각하고 있어요."

"……."

지영은 은재를 돌아봤다.

여전히 차분한 눈빛이었다.

담담함을 듬뿍 담고 있는, 김은채를 앞에 뒀을 때의 그 눈빛이었다.

지영을 끌어당긴 그 눈빛이었다.

"저… 혹시, 이런 저는 지영이에게 부족할까요?"

당돌한 말이었다.

하지만 은재의 눈빛에도, 어조에도 치기(稚氣)는 조금도 보이지 않았다. 그녀는 강상만과 임미정에게 진심으로 묻고 있었다. 그리고 이 질문은 솔직히 지영도 궁금했다.

"……."

"……."

"……."

딱 지영을 빼놓고 세 사람이 눈싸움 아닌 눈싸움을 시작했다. 하지만 그 눈싸움은 너무나 빨리 끝났다.

드륵.

의자를 밀고 일어난 임미정이 다가와 은재를 안았다.

"아……."

"에구, 나이도 어린데 많이 힘들었나 보구나."

"……."

은재는 놀란 눈으로 지영을 바라봤다. 아마 그녀가 예상했던 반응과 임미정의 반응이 달라 놀란 모양이었다. 피식 지영도 웃었고, 강상만도 똑같이 웃었다. 그는 은재를 잠시 보다가 지영을 보며 말했다.

"니가 갑자기 웬 여자 친구를 사귀나 했더니, 그 이유를 알겠다."

"아시겠어요?"

"그래, 잘 알겠다. 하하."

강상만은 껄껄 웃었다.

오늘 처음으로 보이는 기분 좋은 웃음이었다. 하지만 금세 정색하시더니, 엄한 눈빛으로 은재를 바라봤다.

"자기비판을 안 하는 걸 보니 올바른 방향으로 성장한 것 같아 기쁘구나. 나는 말주변이 없어 좋은 말은 못 해주겠다만, 이 말 하나는 해줄 수 있겠다."

"네……?"

아직 임미정이 안고 있어 어안이 벙벙한 상태로 은재가 대답하자, 강상만은 씩 웃으며 말을 이었다. 아니, 이으려 했다.

딸랑!

벌컥!

"아, 씨발! 짜증 나게 진짜!"

문을 벌컥 열고 들어선 젊은 여자만 아니었으면 말이다.

"아, 미안. 이번 주에 너무 정신없이 바빠서 예약하는 걸 깜빡했어. 진아야, 진짜 미안하다. 하하."

날카롭고 신경질적인 목소리를 가진 여자 뒤로 서글서글한 인상의 사내가 들어섰다. 대략 170 후반대의 신장에 말끔하게 차려입은 블루 톤 계열 정장. 휴일에 입기에는 다소 무거운 복장이었다.

"거기 유명한 곳이라 내가 미리미리 하라고 했지! 아, 짜증 나게 진짜 이게 뭐야! 몇 시간을 왔는데!"

"미안, 미안, 그래도 아까 해놨으니까 한두 시간 안에 자리 날 거야. 연락 준다고 했으니까 여기서 차라도 한 잔 마시면서 기다리자. 응?"

"아, 몰라! 짜증 나게 진짜!"

사내는 여자를 달래고, 여자는 그저 짜증만 잔뜩 부리고 있었다. 사내의 목소리는 중저음 목소리라 거슬리지 않았는데 여자가 문제였다. 날이 선 목소리가 조용하던 카페의 분위기를 망쳐놓고 있었다.

"후우, 요즘 젊은이들은 요란스럽구나."

강상만은 그 말을 끝으로 은재에게 하려던 말을 다시 쏙 집어넣었다. 임미정도 에휴, 한숨을 내쉬곤 자신의 자리에 와서 앉았다.

또각또각 구두 소리가 점점 가까워졌고, 여자는 지영의 뒤에 있는 테이블에 앉았다. 여자가 앉자마자 진한 향수 냄새가 코끝으로 훅 들어왔고, 지영은 저도 모르게 인상을 찌푸렸다. 드륵, 그리고 남자가 바로 뒤에 앉았는데 상큼한 샴푸 냄새가 다시 맡아졌다.

지영은 이런 종류의 향을 그다지 좋아하지 않았다.

샴푸 냄새야 그냥 넘어가겠는데, 코끝에 진하게 남는 향수는 진짜 별로였다. 그래서 손 부채질로 코앞의 공기를 흩어냈다.

그런데 그걸 여자가 딱 본 모양이었다.

"하, 뭐야. 저건 또? 진짜 별게 짜증 나게……"

"진아야, 듣겠다."

"들으면 뭐, 뭐 어쩌라고?"

"아냐, 아무것도."

"하, 짜증 나, 진짜."

지영은 그 대화에 어이가 없어 헛웃음을 흘렸다. 지영의 행동이 기분 나쁠 법하긴 했다. 누구라도 자신이 지나가고 냄새를 흩는 행동을 하면 민망하거나 화가 날 수도 있으니까. 하지만 그래도 경우라는 게 있다. 먼저 경우 없이 행동한 게 누군데, 이건 완전 적반하장이었다. 지연이가 조용히 다가와 무릎에 앉았다.

"오빠."

"응?"

"나 케이크, 케이크 먹고 싶어."

"케이크?"

"응!"

지연이의 말에 지영은 임미정을 바라봤다. 임미정은 고개를 도리도리 저었다. 생각해 보니 곧 점심시간이었다.

"좀 있다가 점심 먹어야 되니까 케이크는 못 먹겠다. 대신 오빠가 저녁에 꼭 사줄게. 지연이 기다릴 수 있지?"

"정말? 진짜지?"

"응, 정말."

"약속!"

귀엽게 새끼손가락을 내미는 지연이 때문에 일행 전부가 작게 웃었다. 지영도 웃으면서 막 그 손가락에 자신의 손가락을 걸려는 찰나, 뒤에서 다시 여자의 목소리가 들려왔다.

"아, 더럽게 시끄럽게 구네, 진짜……."

짜증 서린 여자의 목소리에 지영의 눈매가 한차례 꿈틀거렸다. 하지만 주변에 손님도 있고 해서 한숨만 내쉬고 넘어갔다. 분명 아까 손 부채질을 한 일에 대한 앙갚음이 분명해 보였기 때문이다.

게다가 부모님도 계시고, 정작 그분들은 표정에 미동이 조금도 없는 상태였다. 하지만 속으로는 좀 불편하신지 차를 한 모금 마신 임미정이 강상만에게 조용히 속삭이듯 말했다.

"여보, 나갈까?"

"예약 시간 삼십 분 남았으니까 좀 더 있다 나가지. 은재 양도 있고 하니까."

"그래, 그럼."

솔직히 말하면 불쾌했다.

두 분이야 이미 이것보다 훨씬 더 더러운 꼴을 많이 보신 분들이라 아무렇지 않게 표정 관리를 하고 있지만 기분 좋은 상태는 아닐 것 같았다. 그렇다고 나설 수도 없었다. 하필이면 세 사람이 전부 공인이었다.

게다가 언론에 한번 집중 공격을 받은 경험까지 있었다.

여기서 나서면?

또 말도 안 되는 말이 나돌 게 분명했다.

그러니 참는 것밖에 답이 없는데…….

"가족 구성 한번 요란하네. 애새끼에 다리병신까지. 그럼 집 구석에서 우유나 처먹일 것이지 뭘 여기까지 나오고 지랄이야, 지랄이."

"진아야."

"뭐, 내가 틀린 말 했어? 아, 짜증 나, 진짜. 오빠 지금 누구 편드는 건데!"

대놓고 빈정거린 그 말에 지영은 혀로 입술을 천천히 축였다. 이 정도 되면 그냥 대놓고 시비를 거는 게 분명했다. 지영은 천천히 고개를 돌렸다. 다리를 꼬고 까닥거리고 있는 여자의 모습이 보였다.

명품에는 관심이 없는 지영이 보기에도 알 만한 브랜드의 핸드백과 걸친 보라 계열 원피스, 귀걸이 반지를 합치면 거뜬히 천은 넘어갈 것 같았다. 소위, 있는 집 자식이 분명했다.

"지영아."

뒤에서 은재가 부르는 소리가 들려왔다.

차분한 목소리에 담긴 온기를 느꼈지만 지영은 고개를 다시 돌리지 않았다. 대놓고 거는 시비다. 그리고 그건 자신의 행동이 발단이었다. 물론 시작이야 저 개념 처말아 드신 여자가 먼저 큰 소리로 떠든 게 먼저였지만 시비를 걸게 만든 이유는 자신이 먼저 제공했다.

물론 그렇다고 사과하고픈 생각은 조금도 없었다.

"강지영, 제대로 앉아라."

"…네."

하지만 강상만의 묵직한 한마디에 지영은 다시 고개를 제자리에 돌리곤 후우… 깊은 한숨을 내쉬었다.

"나 괜찮아. 익숙해."

"익숙해질 만한 거에 익숙해야지. 뭐 이런 걸 익숙하다고 하냐?"

"정말 괜찮은걸. 저렇게 예의 없는 여자가 뭐라고 지껄여도

나 하나도 상처 안 받으니까 여기선 참아. 아버님이랑 어머님도 계시잖아."

"후우, 그래."

작게 소곤거리듯 나눈 대화였다.

하지만 의외의 일이 벌어졌다. 강상만이 자리에서 일어난 것이다. 그것도 지금까지의 한 집안의 가정으로서의 눈빛이 아닌, 철혈의 검사가 가진 눈빛을 하고서 말이다. 웬만해선 나서지 않으시는 분이라 지영도 좀 놀랐다. 그래서 얼른 임미정을 봤더니 그녀는 그냥 작게 웃고 있었다.

그사이 자리에서 일어난 강상만은 여자의 옆으로 가서 섰다.

"⋯⋯."

"⋯⋯."

강상만이 분위기를 잡고 내려다보자, 여자는 마주 표독스럽게 올려다봤다. 서글서글한 사내는 그 중간에 껴서 안절부절 못하고 있었다. 딱 봐도 어떤 남자인지 감이 왔다. 눈싸움은 오래가지 않았다.

강력 범죄자는 물론, 난다 긴다 하는 법, 경, 정계의 인물들을 취조하고 심문하던 게 강상만이다.

철혈의 검사란 별명으로 불리는 그의 눈길을 고작 20대 후반으로 보이는 여자가 감당할 수 있을 리가 없었다.

"뭐, 뭔데요!"

여자가 먼저 항복을 선언하는 의미로 눈싸움을 깨자, 강상만이 천천히 손을 은재에게 뻗었다.

"사과하시오. 내 딸 같은 아이니까."

"뭐가요? 지랄하네, 아, 짜증 나… 씨발. 이봐요, 아저씨! 내가 왜요? 내가 뭐 틀린 말 했어요? 다리가 병신이면 얌전히 집구석에 있어야지, 왜 남한테 피해주냐고요!"

"저 아이가 당신한테 무슨 피해를 줬습니까?"

"그, 그게……."

있을 리가 있나. 길을 막고 있던 것도 아니었고, 자신이 요란스럽게 들어오고 나서부터는 한마디도 안 했으니까. 당연히 머릿속에 든 게 없으니 대답할 뭐가 있을 리가 없었다. 하지만 지기 싫어하는 특유의 성격이 발동한 모양이었다.

딸랑.

문이 열리는 소리와 함께 여자가 짜증 가득한 눈빛과 어조로 카페가 떠나가도록 크게 소리쳤다.

"아, 씨! 그냥 눈앞에 있는 게 짜증 난다고!"

"……."

강상만의 눈빛이 매우 엄해졌다.

그의 눈빛은 이제 완전히 검찰청에서 일할 때나 보여주는 눈빛이 되어 있었다. 임미정의 눈빛도 마찬가지였다. 수없이 많은 재판을 치렀던 백전의 변호사가 보여주는 눈빛은 정말 만만치 않았다.

지영도 마찬가지였다.

다만 은재의 눈빛은 여전히 차분하고, 담담했다.

'익숙하다더니……'

그게 지영은 더 짜증 났다.

아직 이 나라는 장애인에 대한 인식이 아직까지는 선진국을 따라가지 못하고 있었다. 편협한 시선. 그 시선은 사람마다 다르지만 결코 호의적인 눈빛이 아닐 경우가 많았다. 물론 다 그런 건 아니었다.

지영이나, 강상만, 임미정 같은 사람들은 분명 존재했으니까.

씩씩거리면서 여자가 강상만을 노려봤다.

"아저씨, 내가 누군지 알아? 누군지 아냐고!"

"당신이 누구든 간에, 이 무례에 대한 사과를 하면 끝날 일입니다."

"내가 왜 저딴 병신한테 사과해? 오호, 아저씨 옷 좀 보니까 좀 살긴 하나 봐? 아저씨 뭐 하는 사람인데. 어? 뭐 하는 사람이냐고!"

있는 집안 자식이 이 여자처럼 무지하면… 지금처럼 무덤을 판다.

그것도 자신 혼자만의 무덤이 아닌, 온 집안의 무덤을 말이다.

강상만은 물러설 생각이 없었다.

그렇다고 자신의 권력으로 타인을 찍어 누르는 사람도 아니었다. 지영은 정체가 탄로 나지 않도록 모자를 더 푹 눌러썼다.

이 여자는 이미 너무 나갔다.

어떤 방식으로든 강상만은 용서치 않으리라.

…라고 생각하는데… 전혀 예상치 못했던 소리가 들려왔다.

"언니가 누군데?"

임미정의 뒤쪽에서 들려온 소리에 지영은 저도 모르게 고개를 돌렸고, 전혀 예상치 못했던 인물이 서 있는 걸 발견했다. 엊그제 분명 학교에서 보긴 했지만 알은척도 안 하는 반 친구, 아니, 서로 무시하는 앙숙.

김은채였다.

착 달라붙는 스키니 진에 발목이 꺾일 것 같은 높은 힐, 거기에 흰 블라우스. 그 외에도 한껏 멋을 낸 김은채가 비슷한 또래의 여자 셋과 함께 서 있었다.

"넌 또 뭐야……!"

짜증스럽게 소리치자 김은채의 시선이 지영에게 왔다가, 유은재에게 향했다가, 다시 여자에게 돌아갔다.

"나? 대성건설 사장 딸이자, 대성그룹 회장 손녀."

"뭐?"

"대기업 오너 일가라고. 자, 내 정체는 얘기했으니까 언니도 말해야지? 언니 뭐 하는 사람이야? 대단한 사람이야? 아니면 좀 있는 집안? 부모님이 사업하시나?"

"…그 말을 어떻게 믿어!"

대성건설.

아파트 분야에선 국내 굴지의 넘버원. 그리고 그 외에도 건실한 사업체를 소유한 거대 그룹. 모르는 사람이 있을 리가 없었다. 여태껏 안절부절못하고 있던 남자가 폰으로 검색을 했는지 덜덜 떨기 시작했다.

"지, 진아야……."

"왜!"

"지, 진짜 대성그룹… 손녀야."

"뭐?"

휙!

사내의 손에 들린 폰을 가지고 간 여자의 표정이 천천히 굳어갔다. 김은채는 대성그룹에서 대외적으로 알린 대표적인 3세였다. 그녀의 사진은 아예 포털 사이트에 떡하니 박혀 있을 정도였다. 물론 그 이상은 당연히 없었다. 그룹 언론 대응 팀이 철저하게 검열해 버린 탓이었다.

사진과 현실의 김은채를 확인하던 여자의 얼굴이 점점 파랗게 죽기 시작했다.

그런 여자의 얼굴을 확인한 김은채의 얼굴에 사악한 미소가 자리 잡기 시작했다. 본성이 나오기 시작했다. 소악마가 아닌, 이상한 똘기를 가진 진짜 악마의 본모습이 말이다.

"쫄았네? 그럼 뭔가 문제가 있다는 뜻인데?"

"아, 은채야, 나 저 여자 알아. 명진? 그쪽일걸?"

김은채의 말에 그녀 뒤에 있던 일행 중 하나가 아는 척을 했고, 그 말에 지금까지 난리 블루스를 치던 여자의 얼굴이 파랗게 질려갔다. 김은채는 명진이란 말을 조용히 곱씹더니 씨익 웃었다.

"오호… 명진? 우리 하청 중 하나네? 근데 명진 따위가 뭐가 그리 대단하다고 내가 누군지 아냔 말을 해?"

"아… 그게, 저……."

"발뺌하지 마. 알아보면 다 나오니까. 그리고 지금부터 변명도 하지 마. 아가리 닥치고 조용히 들어."

"……."

주변에 사람이 있든 없든, 똘기 악마의 마이페이스에 여자는 완전히 눌렸다. 지영은 고개를 절레절레 저었다. 판이 이렇게 돌아갈 거라고는 전혀 예상을 못 했다. 은재에게 혹시 말했냐고 입만 뻐끔거려 물었더니 그녀는 용케 알아듣고 고개를 도리도리 저었다. 김은채의 등장으로 요상하게 돌아가고 있었지만 강상만은 일단 나서지 않았다.

"언니, 언니가 별 같잖은 집안 믿고 남들한테 폐 끼치는 거야 내 알 바가 아닌데. 내 앞에서는 그러지 마."

"그……."

"닥쳐. 듣기만 하라고 했지."

"……."

김은채는 어떻게 보면 타고난 여장부가 아닐까?

아무리 집안 차이가 하늘과 땅만큼 나지만, 그래도 띠 동갑 가깝게 나이 차이가 나는데 김은채는 여자를 그냥 박력으로 찍어 누르고 있었다. 슬그머니 일어나 나가려던 손님들도 이 제는 그런 김은채를 그냥 구경하기 시작했다. 슬그머니 올라 온 폰은 덤이다. 물론 대놓고 찍었어도 김은채는 신경도 안 썼 었을 거다.

"왜, 띠꺼워?"

"……."

"대답 안 해, 언니?"

"그, 아니……."

"반말이네? 언니랑 나랑 급이 같아? 내가 언니라 불러주니 까 왜 연장자 대우라도 받는 줄 아나 봐?"

"……."

김은채.

지영은 저건 그냥 타고난 악마라고 생각했다. 도대체 어떤 교육을 받고, 어떤 일이 있었어야 저 나이에 저렇게 멘탈을 탈

탈 터는 독설을 할 수 있는지 궁금해질 지경이었다. 그것도 주변의 시선 따위는 안중에도 없이 말이다.

"쟤는 내 친구, 쟤도 내 친구, 언니는 지금 내 친구를 건드린 거야."

"아니, 그게……."

"문 열기 전에 다 들었으니까 입 닥쳐. 그리고 한 번만 더 변명하려고 하면 아빠한테 전화한다? 명진 따님이 시비 건다고?"

"……."

"왜 짜증 나? 갑의 횡포 같아? 에이, 너무 그러지 말자. 언니도 그러려 했잖아? 그러니까 괜히 엉뚱한 짓은 하지 말자? 그땐 내가 진짜 갑의 횡포가 뭔지 제대로 보여주고 싶어질지도 몰라."

그 말에 여자가 사시나무 떨 듯 떨자, 김은채는 비릿한 조소로 웃어주곤 시선을 사내에게 돌렸다.

"병신."

"……."

"지 여자가 개지랄을 떠는데 막을 생각도 못 하고, 나이도 한 바퀴 이상 차이 나는 어린년한테 욕을 퍼먹고 있는데 나서지도 못하고. 왜 사냐? 떼 그냥."

이 정도면 가히 폭격 수준이었다.

사내는 은채의 정체를 알고 나서도 나서지 못했다. 왜? 아마 여자와 비슷한 이유일 것이다.

"아, 밥 먹기 전에 기분 잡쳤네. 빨리 꺼져."

길게 찰랑거리는 머리를 벅벅 긁으며 김은채가 짜증을 담아 소리치자, 커플은 서둘러 밖으로 도망쳤다. 김은채 뒤에 있던 여자 셋은 이런 경우가 익숙한지, 아니면 본인도 경험이 있는지 킥킥 웃으며 빈 테이블에 앉았고, 김은채는 지영과 은재를 번갈아 보다가 다시 임미정과 강상만을 바라봤다.

그리고 발목이 꺾일 것 같은 힐을 신은 발을 움직여 강상만 앞으로 다가와 두 손을 공손히 모으고 고개를 푹 숙였다.

"안녕하세요, 강상만 검사님. 지영이랑 은재 반 친구, 김은채입니다."

헐……

지영은 이번에도 전혀 예상치 못한 김은채의 행동에 입을 떡 벌렸다.

『천 번의 환생 끝에』5권에 계속…

초대형 24시 만화방

신간 100%, 샤워실, 흡연실, 수면실(침대석), 커플석, 세탁기 완비

■ 광명 광명사거리역점 ■

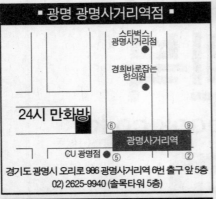

경기도 광명시 오리로 986 광명사거리역 6번 출구 앞 5층
02) 2625-9940 (솔목타워 5층)

■ 강북 노원역점 ■

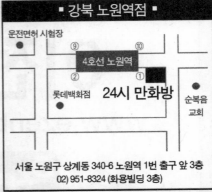

서울 노원구 상계동 340-6 노원역 1번 출구 앞 3층
02) 951-8324 (화용빌딩 3층)

■ 일산 정발산역점 ■

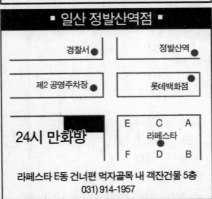

라페스타 E동 건너편 먹자골목 내 객잔건물 5층
031) 914-1957

■ 일산 화정역점 ■

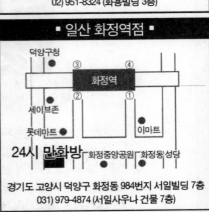

경기도 고양시 덕양구 화정동 984번지 서일빌딩 7층
031) 979-4874 (서일사우나 건물 7층)

■ 부천 역곡역점 ■

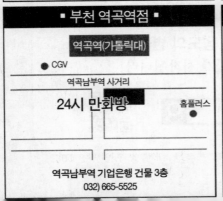

역곡남부역 기업은행 건물 3층
032) 665-5525

■ 부평역점 ■

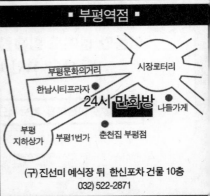

(구)진선미 예식장 뒤 한신포차 건물 10층
032) 522-2871